ステラ・ステップ

林 星悟

MF文庫J

口絵・本文イラスト●餡こたく

星。
自ら光り輝くもの。
闇夜の道を照らすもの。
集まり星座を紡ぐもの。
かつて地上に降り注ぎ、世界を壊したもの。

Stellar＊Step

第一章　砂漠に降る雨

少女が一人、丘の上を走っていた。

「…………」

吹く風と、注ぐ日差しと、少女のほかには、何もない。

夜明けと共に走り出し、日がすっかり昇った今の時刻まで。休むことなく一定のテンポで刻み続けた軽やかな足音を、ひときわ強い風がかき消す。肩まで伸びた少女の髪――夜空にも水底にも似た深藍が風になびき、僅かな汗の滴が舞う。

丘の上は風が強い。誰からそう聞いたのだったか、少女は忘れてしまっていた。

「…………あと……」

何キロだっけ、と呟《つぶや》こうとしたところでようやく、少女は自分がどれくらい走ってきたか確かめる術《すべ》がなかったことに気づいて足を止めた。

そのタイミングを見計らいでもしたかのように、握り締めた手の中から低い振動音。身ひとつのほか唯一の所有物である携帯用通信端末を操作し、少女は呼び出しに応じた。

「もしもし」

『……おはよう。良い朝だな』

言葉とは裏腹に不機嫌そうな男性の声が機械越しに届く。

『ずいぶん風の音が大きいようだが、今どこにいる？』

「え……？　どこって、ええと。どこだろう」

その質問にはひとつしか回答がなかった。

「とりあえず、砂漠かな」

彼女が夜明けからずっと走ってきて今こうして立っている場所は、遥《はる》か地平の向こうまで続く広大な砂漠のど真ん中だったから。

『……ひとつ為《ため》になる知識を教えよう。お前の住むこの国は、実に国土の九割が砂漠だ』

「九割。そうなんだ。……ああ、もしかして、だから『砂の国』なの？」

『ああそのとおりだよくわかったなえらいぞ』

一切の抑揚なく棒読みで返された。

『また私に無断で走り込みか。何時頃からどこまで走ってる』

「何時……だいたい日の出た時間くらいから、だいたい太陽の方向に」

『……携帯に時計がついてるはずだな。今は何時だ？』

画面を見ると、八時四十八分と表示されていた。

「だいたい八時半」

『ついでに日付も表示されてるな。今日は何の日だったか覚えてるか』

「ライブ当日」

それまで曖昧な答えしか返していなかった少女が、その単語だけはハッキリと即答した。

『そうだ。その大事なライブ当日の朝に、オーバーワークで身体《からだ》を壊しでもしたら……』

「大丈夫」

遮るように、少女が告げる。

「私、壊れないよ」

淡々と、温度のない声で。

電話口の男性は、彼女の言葉にしばし沈黙した後、嘆息してから小言を続ける。

『……お前の限界は、お前ひとりが決めるものじゃない。スケジュール外での過度なトレーニングは控えてくれ。私が休めと言ったら休んでくれ。約束してほしい』

「休めなんて、言われたことない」

『今回のような真似《まね》を続けるなら、たとえライブ当日の朝でも言わねばならない』

「それもプロデューサーの仕事？」

『うちは人手が無いから全部私の仕事だ。……そして私をそう呼ぶのなら、お前ももう少しアイドルの自覚を持ってほしい。『砂の国』のアイドルであるという自覚を』

アイドル。その単語に、少女の呼吸が微《かす》かに揺らぐ。

「……ごめんなさい。約束する」

約束を破ればアイドルではいられなくなる。その危惧に至り、少女はあっさり折れた。

『……普段と同じペースで東へ走っていたなら、今は風喰《く》い砂丘のあたりに居るな』

「え。……うん、多分」

『ではそこから北東に進路を。三十分ほど歩けば前方に十二番鉱区街が見えてくる。事情を話して街に入れてもらい、水でも頂いて休憩していてくれ。我々もすぐに向かう』

北東ならこっちか、と向き直り腕を前に向ける。

「歩いて三十分なら、走ればだいたい……」

『歩け。何時間飲まず食わずで走ってたと思ってる』

本当なら歩かせるのも嫌なんだぞと、プロデューサーと呼ばれた男性は大きなため息をつく。その間にも既に、少女は北東に向けて歩き始めていた。

『それと、事務所にあったステージ衣装はどうした』

「え。持って走ると荷物になるから……もしかして、着てきたらダメだった？」

『砂で汚れるだろうが……！』

「あ、そっか。ごめんなさい」

『……街に着いたら鉱員用の除砂装置《エアシャワー》も使わせてもらえ』

「よそ者なのに、そんな色々してもらえるかな」

少女の素朴な疑問に、プロデューサーは事もなげに答えた。

『領収書は天地事務所《あまどころ》でと伝えればいい。必要な代金は後で私から支払う。……それにお前なら大丈夫だろう。『砂の国』現最強アイドルの『レイン』なら』

「そうなんだ。わかった」

最強、そう呼ばれた彼女……レインは、ただ淡々と言葉を返して端末を切る。

風と砂を浴びて日差しに煌《きら》めく「アイドル」の衣装。乾きと熱と陽光が支配する砂の荒野を一人渡るには、やはりどこまでも異質で場違いな装いだった。

「……確かに、こう風が強いと砂だらけになっちゃうな……」

たった今その事実に気づいたかのように独り呟《つぶや》き、髪と衣装を軽く手で払うと、砂とは違う何かが目についた。

「これ……花びら？」

どこかずっと遠くから、風に乗ってきたのだろうか。捨てるのも忍びない気がして払わずにおいたが、歩くうちにすぐ吹き飛ばされてしまうことには気づかなかった。

レインはいつも気づかない。ステージの外のことに頓着がない。砂漠を渡れば衣装が砂で汚れることも、会場まで人の足で走っても半日以上かかることも、ステージ衣装には携帯をしまうポケットすら無いことも。気づかないし、気にしない。

風が運んできた、砂漠に咲くはずのない花の香りにも、彼女が気づくことはなかった。

◇

むかしむかし。というほどの昔ではなく、ほんの七、八十年ほど前の話。

この場所にはかつて、目に見える限りの砂漠よりずっと広くて大きな、人と、家と、緑で溢《あふ》れたいくつもの街があって、今よりずっとたくさんの人が住んでいて。

月の暗いある夜、たくさんの隕石《ほし》が墜《お》ちてきて、全部なくなった。

空から見ればほんの小さな島国を襲った隕石災害は、人を、家を、緑を吹き飛ばし、砂粒ほどに細かく砕け散った隕石片と瓦礫《がれき》とが降り積もって一夜のうちに砂漠ができた。

生き残った人々は古い街の名前を捨て、砂漠と化した一帯を『砂の国』と名づけて生き抜く術《すべ》を模索し始めた。そんな「国家」が、砂の国以外にもあらゆる地域で乱立した。

数年後、とある国家で隕石片の中から未確認物質が発見される。

それは「人の感情に反応してエネルギーを発する」性質を持った石。

後に『共心石《シンパシウム》』と名付けられたその革命的な新資源によって、多くの技術革新が起こった。共心石技術を手にしたその国家は「隕石災害でバラバラになってしまったこの島国に今一度人々をつなぐ橋を架ける」という理念のもと『橋の国』を名乗り各地の復興を支援。

数十年の歳月《さいげつ》をかけ人々はようやく「生きること」を再開できた。

隕石として地表に降り注いだ共心石は今もなお各地に山と眠っており、砂の国の九割を占める砂漠の砂にも微小な隕石片が含まれている。すなわち国中が共心石の採掘場だ。そうした採掘作業の拠点であり、また国民の生活の中心でもあるのが、

「……着いた」

ここ、鉱区街である。

隕石の爆風と日夜吹《ふ》き荒《すさ》ぶ砂嵐に耐えてきた廃墟《はいきょ》を、砂除《よ》けには少々心許《こころもと》ない石造りの壁で囲んで街と名付けただけの場所。かつての街々の繁栄に比べれば実に慎《つつ》ましく質素な共同体《コミュニティ》ではあるが、それでも住む人々にとってみれば都。加えてレインが訪れたこの十二番鉱区街は、他の街に比べて比較的規模が大きい方でもある。

「……どこから入れば……」

うろつく不審な珍客に、壁の上から声がかかる。

「おーい、キミそこで何してんだ」

見上げれば、物見櫓《ものみやぐら》と思《おぼ》しき場所に第一住人発見。

「って、え、まさか……？」

「あの、すみません。街に入れてもらえませんか。領収書は天地事務所《あまどころ》で」

「は、はいどうぞ！　向こうが正門です！　……領収書……？」

住人の指差した方を確認し、お辞儀を返してから歩き出す。

　正門にたどり着くと既に門扉は開けられていて、大人に子供、十数人の住民が並んでざわついていた。恰幅《かっぷく》の良いひげのおじさんがニコニコ笑顔で歩み出てきた。

「これはこれは、ようこそ我が十二番鉱区街へおいでくださいました！　それでその……本日は、一体どういったご用向きでしょう……？」

「えっと、エアシャワー？とかいうのをお借りしに来ました。領収書は天地事務所《あまどころ》で」

「はっ……？　さ、砂漠を通ってこられたので……？　も、もちろん構いませんが」

「ありがとうございます。領収書は天地事務所で」

「いえいえそんな、貴女様《あなたさま》からお代を頂くなんてとんでもない！」

「……でも」

　採掘用の機械設備や動力の共心石《シンパシウム》エネルギーは全て『橋の国』からの支給品で、必要外の時間に動かすにもエネルギー代がかかる。よそからやって来ていきなりタダで使わせろ、だなんて無作法者の振る舞いだという最低限の礼儀は彼女にも身についていた。

「我が街があるのも我々がこうして生活できるのも貴女様のお陰なのです。恩人からお金など受け取れません。ちょっとキミ、ご案内してさしあげて！」

　笑顔で頷《うなず》いた女性に連れられ、レインは街中を歩く。廃屋の陰やガラスのない窓からいくつもの目が覗《のぞ》き、好奇の声がする。

「本物だ」「アイドルって実在するんだ……」「あのおようふくキレーだねー」「えー砂だ

らけでばっちくない？」「たしかにー」「何で駅じゃなくて砂漠の方から……？」「もしかして、この街の近くに住んでるのかしら」「だったらみんな知ってるって」

遠巻きに囁《ささや》くそれぞれの音は聞き取れるが、内容はまるで耳に入ってこなかった。

彼等《かれら》は全員、レインにとっては他人だ。レインという名前しか知らないような他人。

そんな他人に自分がどう見られているかなど、レインには興味がない。

「こちらです、どうぞ」

連れられた採掘場出入口の詰所にある設備で砂を飛ばすと、まとっていた衣装はようやく本来の輝きを取り戻した。

「よかった、綺麗《きれい》になったみたいですね」

案内してくれた女性に「どうも」と一礼し、レインは正門の方へ戻ろうとする。

「あ……違った」

目的を終えたのでまた砂漠に戻ろうと思っていたレインは、プロデューサーとの会話を思い出し、せっかく綺麗になった衣装がまた砂まみれになることにギリギリ気づいた。

「あの、お水をいただけますか。それと座って休める場所も。領収書は天地事務所で」

「それなら、街で一番大きな中央食堂へご案内しますね。……領収書……？」

首を傾《かし》げる女性に引き続き案内を頼み、レインは食堂へと向かった。

まだ昼前ということもあり、食堂内は閑散としていた。片足に包帯を巻いた男性と、ほーっと虚空を見つめている男性が、壁に掛けられた『テレビ』と呼ばれる「別の場所の景色を映す機械」の前の席に向かい合って座り、会話しているだけ。

「今日、午後から『戦舞台《ウォーステージ》』だとよ。お前も観《み》るだろ？」

「…………」

「俺も現場出れねえでヒマだから付き合ってやるよ。娘さんの出番、今日もあるのか？」

「…………」

「俺らの応援で結果が決まるわけでもねえけど、父親のお前は見守っててやれよ」

聞こえてきたのは一方の男性客の声だけだった。これは多分、会話とは呼ばない。

「お待たせしました」

店員と思《おぼ》しき青年が、水の入ったコップを手にやってきた。

「ありがとうございます。領収書は天地事務所《あまどころ》で」

「はは、ただの水ですよ。お代は結構ですって」

コップ一杯の冷たい水をまたしても無料で受け取ってしまったレインは、表情ひとつ変えないまま小さく呟《つぶや》いた。

「いいのかな。私、ただのアイドルなのに」

「お前がただのアイドルなら良い顔はされないだろうな」

ややダウナーな声に振り返《かえ》ると、スーツ姿の男性が肩で息をしていた。

「あ、おはようプロデューサー。早かったね」

「そうだな。橋車《ブリッジ》を使ったからな。片道四時間以上もかけて走ってくる必要もない。世の中にはそういう便利なものがあるんだ」

橋車とは、『橋の国』が各国に路線を張り巡らせ運行している、共心石《シンパシウム》エネルギーで走る列車のこと。鉱区街などの主要な生活区やアイドルの活動拠点にはほぼ全てこの橋車の駅があり、事務所にもライブ会場にも通っている。つまり、レインが今朝おとなしく事務所で待っていればこんな寄り道することもなく橋車に乗って二時間足らずで会場まで直行できたのである。その不満が彼の言葉の端々に浮き出ていた。

「……ともかく、合流できて何よりだ」

息の上がった様子を見ると、橋車の発着駅からここまでは走ってきたのだろう。

「お疲れ様。水、いる？」

「私はいいからお前が飲め」

「ん。いただきます」

言いつけの通りによく冷えた水を喉に流し込む。普段より強く感じた潤いに、レインはようやく自分の喉が渇いていたことに気がついた。

「本当なら一杯どころでは足りないだろうし、もっと休ませたくもあるんだが……」

ちらり、とプロデューサーが目をやった店の外の広場では、予告もなく突然街に現れたレインを一目見ようと野次馬《やじうま》が何人も覗《のぞ》き込《こ》んでいた。

「本当にいる……変な感じ」「近くで見るとお人形みたい」「ね。さっきから表情もずっとあのまま」「生きてるように見えないよね……」「さっき話し声が聞こえたけど、まるで機械音声だったぜ」「マジで人形だったりして」「はいはい、そんなわけないだろ」

また雑音《ノイズ》が耳に入ってくる。自分には何の関係もない雑音が。気にも留《と》めることなく水を飲み終えたレインが、プロデューサーに手を引かれ立ち上がる。

「ここでは少々落ち着かない。表にクローバーを待たせているし、さっさと出るぞ」

「……クローバー……」

何の、名前だっけ。思い出そうとしつつも手を引かれるまま店を出る。

道を開けた人々の向こうに練習着姿の少女がひとり立っていた。

「レインちゃん。無事に会えたんですね、良かったです」

良かった、と言いつつ口の端すら笑わない少女を見て、レインは言葉に詰まった。

「待たせてすまない、クローバー」

ああ、そうだ。彼女がクローバー。自分と同じく、天地《あまどころ》事務所に所属するアイドル。

「レインと一緒にいるの、誰だっけ？」

「さあ？　知らね。新人アイドルかなんかじゃないの」

周囲の雑音で、クローバーの表情がだんだん暗くなっていく。

「ま、レイン以外のアイドルの名前なんて、いちいち覚えててもどうせ意味な……」

それを払うように、ぱんっ、と手を打つ音。

「ボヤッとするな、レイン、クローバー。会場に移動するぞ」

「は……はいっ」

速足で歩き出したプロデューサーにクローバーがついていく。レインも後に続いたが、背後から聞こえる雑音はいつまでも止《や》まなかった。

◇

十二番鉱区街を出発した橋車《ブリッジ》。故障した機械などが無造作に積み込まれた埃《ほこり》っぽい貨物車に、プロデューサーとレインとクローバーの三人は乗り込んでいた。

「これでは結局また衣装が汚れるな……。客車の便を待つべきだったか……」

「いいよ、私は。どこでも」

「元はといえばお前が勝手な行動をしたから、予定していた直通便を逃《のが》す羽目になったんだが……まあ、おおよその方角が合っていたのは幸いだった」

「……？　え、合ってるでしょ」

「……まさかレインお前、本当に走って会場まで行くつもりだったのか？」

「うん。そのために着てきたし」

プロデューサーは額に手を当て、巨大な溜《た》め息《いき》と一緒に天井を仰いだ。

「……凄《すご》いですね、レインちゃんは」

依然として暗く硬い表情のまま、クローバーがそう呟《つぶや》いた。

「具合。良くないの？」

「そう見えますか」

「見える。乗り物、苦手？」

「……いえ、得意な方です。そういうんじゃなくて……」

きょとんと首を傾《かし》げるレインに、今度はクローバーが尋ねる。

「レインちゃんは、怖くないんですか？」

「怖い？　……何が？」

「戦舞台《ウォーステージ》が、です」

詰まりそうになる息で、クローバーはそう口にした。

今日行われるライブには……否《いな》、アイドルには、勝ち負けがある。

各国に所属するアイドル同士が歌やダンスのパフォーマンスで互いに競い、勝った国が負けた国の領土や資源を奪う、文字通りの戦いの舞台……それが戦舞台。

勝った者が、勝ち続けてきた者がどういう扱いを受けるかは、つい先刻「最強のアイドル」レインが十二番鉱区街で体験したばかりだ。そして負けた者がどう扱われるかも、クローバーの恐怖と不安に引きつった表情が物語っている。

「クローバーは怖いの？」

「怖い、ですよ。私もう後がないんです。次負けたら、きっともう……」

縮こまって震えるクローバーの小さな肩に、『砂の国』の領土の一部が懸けられている。彼女が負ければ、領土は敵国に差し出されることになる。

「ステージ、立ちたくない？　アイドル、嫌なの？」

変わらず温度差のあるレインの問いに、彼女は憎悪とも絶望ともとれる表情を浮かべた。

「……嫌いですよ、アイドルなんて……でも、もうライブは決まってて……」

「そうなんだ。……なんていうか。大変だね」

レインの発言に、何ら悪意はない。これだけやりたくなさそうにしているのにステージに立たなければならないのは本当に大変だろうな、と思ったからそのまま口にしただけ。むしろ、一瞬だけ言い淀《よど》んだぶん言葉を選ぼうともしたのだろう。だからクローバーは彼女の言葉に怒ったり文句を言ったりもしなかった。

「……クローバー。アイドルが嫌だというなら、いつでも辞めて構わない」

「あ……っ、す、すみませんっ！　私、プロデューサーの前でこんな事……！」

「私は関係ない、お前の話をしてるんだ。そんな精神状態でステージに上がるなどもってのほかだ。戦えないなら、今すぐ舞台を降りてアイドルなど辞めてくれ」

「……すみません……切り替えます。今日こそ私、勝ちますから」

「……そう思えるならそれでいい。不安も恐怖も絶望も、舞台上へは決して持ち込むな」

それだけ言って、また黙り込む。車内に再び沈黙が降り、それから橋車《ブリッジ》がライブ会場に到着するまで、誰も一言も発さなかった。

◇

戦舞台《ウォーステージ》の始まりは、隕石災害直後の混乱時代まで遡る。

生き残った人々が先の見えない未来への絶望に呑《の》まれる中、彼等《かれら》の心を癒《いや》し、再起を促すために声を上げた少女たちがいた。

彼女たちこそが、当時の「アイドル」。

地域の壁を越え有志で集ったアイドルたちは、人々を勇気づけるべく各地で無償のライブを披露した。滅びかけた世界で歌われた愛と希望の歌が、彼女たちの健気《けなげ》に未来を目指す姿が、人々の心を打ち、支え、奮い立たせ……まさしく「アイドルが世界を救った」。

その強い影響力に『橋の国』が目をつけた。

アイドルの歌は、人々に強く大きな感情を与える。すなわち、より多くの感情エネルギーを手に入れることにつながる。そこで彼らは、エネルギープラントとなる共心石《シンパシウム》設備のもとに全国からアイドルを集め、定期的にライブを行わせるイベントを考案した。

はじめのうちは「全国対抗アイドル大会」とでも言うべき一種の興行に過ぎなかったそれは、国家間の軋轢《あつれき》や貧富の格差を生んであっという間に「戦争」に置き換わった。

滅びかけた世界では、誰もがみな足りなかった。足りないから奪い合った。

そのための手段が、闘争や略奪から「アイドル」に変わっただけ。

人々に愛と勇気と夢と笑顔を与えてきたアイドルは、絶望の暗闇の中で光り輝いていた希望の少女《ほし》たちは、「戦争のための兵器」となって残らず地に墜《お》ちた。

彼女たちが演じるライブさえも、やがて意味を失い兵器同士の武力誇示に成り果てた。

勝てない者は淘汰《とうた》され、舞台の上から姿を消す。強い者だけが生き残る。戦舞台で負ければ自国の領土や資源が奪われるのだから、弱いアイドルは国にとって必要ない。

そんな戦場で愛の歌を歌おうとするアイドルも、いつしか誰一人いなくなり。

国の思惑通りに機械のように上手に歌って踊る、従順な人形だけが生き残った。

誰もアイドルを愛さなくなってどれだけ経《た》っただろうか。

誰も彼女たちの歌を聞き届けなくなってどれだけ経っただろうか。

誰もアイドルの勝敗以外に興味を持たなくなってどれだけ経っただろうか。

それでも、今日もまた、戦舞台《ウォーステージ》は開催される。


「レイン」

舞台袖の暗がりで目を閉じていたレインは、自身の名を呼ぶ声に目を開ける。

暗くてもよくわかる、炎のように紅い瞳をした目つきの鋭いアイドルが立っていた。

「今日こそあんたに勝たせてもらうから。覚悟はいいわね」

「え……っと」

「…………」

「………………………………あ。フレア」

思い出すまで待ってくれた彼女は、一層鋭く目を細めてレインを睨《にら》みつけてから、くるりと踵《きびす》を返し、捨て台詞《ぜりふ》ひとつ残さずに自国の待機スペースへと戻っていった。

今日のレインの対戦相手、『鉄の国』のフレア。

自国では間違いなく最強と言われる彼女だが、『砂の国』……レイン相手の戦舞台には
これまで十六回連続で敗れている。

もっともレイン以外の相手には一度も負けたことがなく、『砂の国』以外の国に対してはお釣りがくるほど勝利を収めてきていたが、ならばどうして彼女がレインとの対戦にこれほど強く執着し続けるのか。レインは知らなかったし興味もなかった。

「そんなに勝ちたいなら、今ここで私の指の一本や二本でも折っていけばいいのに」

「い、痛そうなこと言わないでくださいよ……」

　レインのひとつ前の出番を目前にしたクローバーが青ざめる。

「何で国同士の戦争なのに、誰もそういうことしないのかなって」

「国同士は戦争だと思ってないからじゃないですか」

　首を傾《かし》げたレインに、クローバーは律儀に説明した。

「国の偉い人たちは、これを『戦』舞台なんて呼びません。アイドルたちが集まってライブをしているだけです。血も流れないし人も死なない。ただ勝ち負けがあるだけの平和なライブ、そういう建前。裏で何が起こっていても、どんな酷《ひど》い目に遭う子がいても、舞台の外から見えなければ何も無かったのと同じですし」

　この世界には、隕石が落ちるよりもずっと前から「戦争はよくない」「命は大切だ」といった不文律とも呼ぶべき価値観があった。限られた資源を奪い合うために兵器を造って撃ち合えば人が死ぬ。人が死ねば、いずれは国も痩せていく。

　その点、戦舞台では血が流れない。ただアイドルが舞台の上で歌って踊るだけで、誰も死なない。どの国にとっても都合が良かったから、今までずっと続いてきた。

「敵国のアイドルの指を折る子が出れば、その子は次の舞台の日に足を折られるでしょうね。それを取り締まるルールはありません。ここは戦場ではないので、そんな物騒なことは起こらないからです。みんな報復から自分の身を守るために何もしないだけで……案外、無法地帯が一番平和なのかも」

「私、別にフレアの足折らないよ」

「……そうですね。そんな必要もないでしょうし。そもそも、レインちゃんなら指の一本や二本折られたところで問題なくパフォーマンスできそうです」

「うん。……いや、折られたことないからどれくらい痛いかわかんないけど」

温度のない瞳で、握っては開く手を見つめ。

「でも死ぬほど痛くても私は歌えるし、絶対に壊れない」

淀《よど》みなく、揺るぎなく、まっすぐに言い放った。

「……本当に、凄《すご》いですね。レインちゃんは」

「凄いのかな。わからない」

「一体どうしたら、そんなに……」

突如、青い光が舞台側から差し込んだ。続いて、無機質なアナウンスが鳴り響く。

『第十一演目、『砂の国』ブルーローズ対『霧の国』ヴェール。勝者、ブルーローズ』

自国の勝利を告げるアナウンスに背中を押されてか、クローバーの表情が少し和らぐ。

「……私も、勝ってきます」

「うん。行ってらっしゃい」

降りてきた二人のアイドルと入れ違いに、クローバーとその対戦相手は眩《まばゆ》い光に照らされた舞台へと上がっていった。

この光はすべて、共心石《シンパシウム》の発する光。

戦舞台《ウォーステージ》に観客はなく、声援も喝采もない。代わりに申し訳程度に人型をした共心石の像がステージを囲むように並べられており、アイドルのパフォーマンスに対して感情を持つ本物の観客のように反応し、より強く心動かされたアイドルの国の色の光を発する。今日の参加国なら、『砂の国』は青、『鉄の国』は赤、『霧の国』は緑といった具合に。

光が強いほど多くの感情エネルギーを生み出している証《あかし》であり、より強く、より多くの光を発生させた側の国が勝者となる。

大昔のアイドルは一人ずつ色を持っていて、人間の観客がそれぞれの色に光る棒を持ち寄って互いに愛を伝え合っていたという。もっとも、色の多さで勝ち負けが決まるようなルールは無かったらしいが。

「……これも、誰に聞いたんだっけ」

興味がないことは、すぐに忘れてしまう。

だって全部、舞台の上では必要ない。

不安も恐怖も絶望も舞台上へは持ち込むな、そうプロデューサーは言っていたけれど。

それ以外の感情も、余計な知識も記憶も。

ふわふわした愛も夢も、何もかも全部必要ない。

アイドルは、歌とダンスの実力が全て。それだけが石を光らせると歴史が証明してきた。

実力で戦わずに愛の歌を歌おうとしたアイドルは、一人残らず負けて淘汰《とうた》された。

実力以外のものは全て重りだ。ステージで自在に舞い踊るためには、重りは必要ない。

必要ないから全部捨てて、全部忘れ去って……そうしてレインは『最強』になった。

「……今日も私が勝つから、フレア」

そんな闘争心未満の当たり前な宣誓も、舞台袖に置いていく。

実力以外の何を持ち込んだところで、実力以上のパフォーマンスはできない。

たとえどんなに負けたくない相手が隣で歌っていたとしても。

ステージの上では、アイドルはいつだって一人きりだ。

◇

『第十二演目、『鉄の国』ウィスタリア対『砂の国』クローバー。勝者、ウィスタリア』

画面から発せられた敗北を告げる無機質なアナウンスに、『砂の国』十二番鉱区街中央食堂の客がいっせいにどよめき出す。

「えっ、おいマジか負けやがった！　どこの誰だよアイツ……！」

「なんか見覚えある気がするけど……誰だったかねぇ」

「ああっ、思い出した！　ほら、今朝レインと一緒にいた地味なヤツだよ！」

「何ぃ!?　じゃあレインの事務所のアイドルってことかよ！　ったくよぉ、ホントあそこはレイン以外パッとしねえな……！」

好き放題の野次を飛ばす客に冷ややかな視線を送りながら、防砂コートを羽織った女性がカウンターの店員に告げる。

「……鉱員弁当、二人前」

「すみませんねお客さん、騒がしくて……今日はたまたま戦舞台《ウォーステージ》の日だったもので」

「いや、いい。元々持ち帰るつもりで来た。家で娘が待っているんだ」

明らかに不機嫌そうな声だったので、店員はそれ以上刺激しないよう厨房《ちゅうぼう》に下がった。

「なあ、最近『砂』の負けが続いてないか……？」

「新人がどいつも不甲斐《ふがい》ないんだよ。どこの誰だかわからんようなアイドルでも『鉄』のはきっちり結果出してきやがるのに」

「二番鉱区が全部『鉄の国』に取られてからまだ二ヶ月も経《た》ってないのに、この調子じゃすぐに三番も持ってかれちゃうんじゃ……」

漠然とした不安と共に、次第に大きくなっていった彼らの喧騒《けんそう》は、

『最終演目。『砂の国』レイン対『鉄の国』フレア』


その名前を聞いただけで、嘘《うそ》のようにぴたりと止《や》んだ。

「……まあ、最後はどうせレインが勝つからいいか」

「数字の若い昔の鉱区なんて出涸《でが》らしの廃村はともかく、ここや他の重要な街は全部レイン一人で守れてるしな。まったく、砂の国の『恵みの雨』様様だわ」

「ほんとほんと。フレアのヤツもしぶといよな、よくやるよ」

「でもま、あとはもう結果のわかりきったお人形劇ね。それじゃ省エネっと」

店員の女性が慣れた手つきで中継映像の画面を消そうとする。それを止める客もおらず、それればかりか一人、また一人と席を立ち食堂を後にしていく。

当然だ。彼等《かれら》が観《み》ていたのはアイドルのライブではなく勝敗で、彼女たちの歌やダンスに興味を持っている人間など一人もいない。

そして『砂の国』最強のアイドルであるレインは、今日も当然いつも通りに勝つに決まっている。結果がわかっているのなら、わざわざ見届ける必要もない。

彼等が信頼しているのはレインのパフォーマンスの技量ではなく、ただ彼女が「勝てるアイドル」「最強のアイドル」であるという事実だけ。

この場にも誰一人、最終演目を……レインのステージを観たいと願う者はなかった。

今日この日だけは、たったひとりを除いて。

「ま、待ってください……っ！」

声を上げたのは、レインと同じか少し下くらいの年頃の少女だった。ハキハキと元気なよく通る声に、何人かの客の顔が少女へと向く。

「あのっ、もうちょっとだけ観ててもいいですかっ」

「べ、別にいいけど……どうせいつも通りレインが勝つだけよ？」

「どうもありがとうございますっ！」

ぱっと満面の笑みを浮かべ、元気に丁寧な感謝を述べた少女に、画面を消そうとしていた店員の女性も思わずほんの少し顔を綻ばせた。

「おとなり、失礼してもいいですか？」

テレビ前の席に座っていた男性が、無言でこくりと頷《うなず》く。「ありがとうございますっ」と元気に告げてから、少女は姿勢正しく特等席に着き画面を見つめた。

「わぁ……っ！」

画面に映ったアイドルの姿に、少女はらんらんと瞳を輝かせる。

誰の目にも留《と》まることのない、道端の花を愛《め》でるように。

誰もが俯《うつむ》いて走り去る大雨の中、雲間に虹を探すように。

少女ただ一人だけが、レインのことを見ていた。


「鉱員弁当二人前、お待たせしました」

分厚い風呂敷包みの弁当を受け取った防砂コートの女性が、はたと何かに気づく。

「……っ」

あたりを見回し、画面の前に釘付《くぎづ》けになった少女を見つけると、忌々しげに舌打ちをしてから少女に歩み寄った。

「おい、何してる。帰るぞ」

「あっ、お母さん。ちょっと待って、もう少しだけ……っ」

母と呼ばれた女性は、少女が夢中になっている画面に目をやり、深く溜《た》め息《いき》をついた。

「……何が楽しいんだ、こんなもの。アイドルなんて、くだらない……」

そして、そのくだらないアイドルのライブとやらが終わるまでは動いてくれそうにない少女を待つべく、手近な空席にどかっと腰を下ろすのだった。

◇

戦舞台《ウォーステージ》の構成は、二段階に分かれている。

まずは、互いが一曲ずつ持ち寄った自らの持ち曲を交互に歌う「自由曲」パート。

そして、『橋の国』で定められた共通の曲を二人で同時に歌う「課題曲」パート。

公平を期すため、課題曲はおよそ四十曲ある候補の中からランダムに選ばれ、ステージの直前にアナウンスされるまでアイドル本人に知らされることはない。

事前にいくらでもレッスンできる自由曲は、お互い上手《うま》く演《や》れて当然。勝敗を分けるのは、お手本となる歌や振り付け……つまり採点基準が明確に決まっていて、かつ審査員《シンパシウム》の点を直接取り合うことになる課題曲の方だ。

自分の得意分野を発揮できるか、相手の苦手な曲を引き当てられるか。パフォーマンスの実力だけではなく、そういった勝負運も結果に大きく影響してくる。

『続いて、課題曲。二十七番。両アイドルは所定の立ち位置へ』

ただし、それはあくまで普通のアイドルが相手だった場合の話。

最強のアイドルには、苦手とする課題曲など存在しない。

「……ふー……っ」

レインの真横、数メートル先の立ち位置から、フレアの微《かす》かな吐息が届く。

自由曲は演目前に名前を呼ばれた順に披露する。今回はレイン、フレアの順。そのまま息つく暇もなく課題曲パートに移行するので、後攻側がやや不利となる。

しかし、フレアは自身の持ち曲で最も激しいダンスを伴う楽曲を完璧に踊り切った直後、ものの数秒で既に呼吸を整え終えていた。

フレアは強い。レインがこれまで相手してきたどのアイドルよりも。

加えて『二十七番』は激しく大胆な振り付けが特徴の、フレアが最も得意とする楽曲。

「…………」

それでも、レインの目には既にフレアは映っていなかった。

ステージの上では、アイドルはいつだって、一人きり。


「♪────」


音楽が流れ、二人が同時に動き出す。

レインの頭には、何も無い。

こう動こう、こう歌おうという意識も。

こう見せたい、こう踊りたいという欲望も。

ただ一心に歌い踊る、その一心さえも存在しない。

全ての重りを捨てたからこそ、誰より軽やかに踊り、誰より伸びやかに歌える。

一方、フレアの動きには欲が出る。せっかく引き当てた得意曲。自分の実力を最大限発揮するチャンス。十六連敗の汚名をすすぐ千載一遇の好機。

もちろんフレアも歴戦の強者、雑念や私情ならば容易に押し殺せる。しかしどれほど完璧なパフォーマンスに徹するつもりでいても、その吐息には、指先には、どうしても欲や気負いが、余計な熱が乗る。

レインにはその熱が全く無い。

機械のように正確に、精密に、繊細に。これまで何百何千何万回と繰り返してきたレッスンの延長のように、完璧なステージを『再演』していくだけ。

雨雲《スタート》から大地《ゴール》まで、迷うことも揺らぐことも立ち止まることもなく一直線にたどり着く雨と同じように。

一切の熱なく演じ切る彼女の姿を、誰かが『冷雨人形《アイス・ドール》』と呼び。

何度繰り返しても毎回同じように完璧な彼女のステージを、誰かが人形劇と呼んだ。

レインこそ兵器《アイドル》の完成形だと、誰もが口を揃《そろ》えて言った。

（……まだ、届かないっていうの……！）

曲が終わりに差し掛かる。

レインにはほんの一瞬、フレアには永遠のような時間が終わる。

遠すぎる『最強』。思わず滲《にじ》み出《だ》す焦りや悔しさも、レインの目には映らない。

そして、いつも通りに完璧なレインの姿もまた、誰の目にも映らない。

舞台上には二人のアイドル。しかし誰より孤独な四分間を終えた二人を照らしたのは。

『最終演目、『砂の国』レイン対『鉄の国』フレア。勝者、レイン』

目も眩《くら》むような、青い光だった。

◇

「……今ので終わりか。気が済んだならさっさと帰るぞ」

「うんっ。お待たせ、お母さんっ」

少女は満足げな笑みを浮かべて振《ふ》り返《かえ》る。ステージを照らす青い煌《きら》めきがそのまま映り込んだかのように輝く瞳を見て、「お母さん」の表情はより一層険しくなった。

「お店の人も、ありがとうございましたっ！」

ニコニコ笑顔でオーバーなお辞儀をし、足早に店を出ようとする母親に続いた少女に、店員は微笑《ほほえ》みながら手を振った。

「あのねお母さん、すごく……すっっっごく、キラキラだった！」

「聞いてもない感想を勝手に言うな」

「はぁいっ。えへへっ……ふ～♪……ふーふん～♪」

「歌うな。やかましい」

心の底から楽しそうな少女とは対照的に、苛立《いらだ》ちを隠そうともせず毒づく母親。あまりに凸凹なふたりの姿を、周囲の人々は不思議そうに見送った。

「あんな親子、この街に住んでたっけか？」

「いや、見ない顔だよ。よその集落や廃墟《はいきょ》から来たんじゃないかしら」

「しっかし似てない親子だったな……あれ？　そういえば母親の方、弁当注文してたときに娘は家で待ってるって……聞き違いかな」

雑談をしながら店じまいに取り掛かる店員を横目に、朝からずっとテレビ前の席に座っていた二人の男性のうち、足を怪我《けが》している方がぽつりと呟《つぶや》いた。

「そういやお前の娘さん。結局出てこなかったな」

「…………、ああ。そうだな……」

返事は来ないとばかり思っていた男が驚いて向かいの席に向き直ると、じっと虚空を眺めていたはずの彼の同僚は、モニターを見つめながら静かに涙を流していた。

「……久しぶりに聞いた気がするわ。お前の声」

さっきの不思議な少女の登場といい、今日はおかしなことが続くものだと男は苦笑した。

◇

「フレア。どうしたの、座り込んで」

熾烈《しれつ》なライブが終わった後のステージで、涼しい顔をしたレインはまるで何事もなかったかのように淡々とフレアに声をかける。

当のフレアは、ステージ上にくずおれるように座り込んだ姿勢のまま、煌々《こうこう》と青く光る共心石像《シンパシウム》の方を無言でじっと見つめていた。

「そこにいると邪魔になるよ。もう終わったから」

レインの言葉にフレアはハッとレインを見上げ、ほとんど反射で怒鳴り返す。

「まだ終わってない……っ！」

「え」

思わず口をついて出た自分自身の言葉に動揺し、フレアはぎゅっと唇を結んだ。

「あれ。もう終わったよね、ライブ。私たちの後、まだいたっけ……？」

一方のレインは、何やらズレたことをぶつぶつ呟《つぶや》いていた。

「……いいえ。私たちで最後よ」

「だよね」

　そしてレインは表情ひとつ変えないまま、座り込んだままのフレアへと手を差し出す。

「……何よ、その手は」

「疲れて立てないなら手、貸すよ。の手」

「っ……バカにしないで。一人で立てるわ」

　乱暴に振り払うことはせず、宣言通りフレアは一人で立ち上がった。

　そうだ、まだ立てる。まだ歩ける。まだ戦える。まだ終わってない。

「……レイン」

「なに」

「次こそは必ず、私が勝つわ」

「こちらこそ」

　熱のないレインの返答を背に、フレアは早足でステージを後にした。

　未《いま》だに舞台を照らし続ける青い光。依然、『最強』の座は揺るがない。


　ステージを降りた後、各国ごとのアイドルたちが利用する「楽屋」に向かったレインは早々に着替えて帰り支度を済ませ、ただ一人部屋に残っていたアイドルに目を向けた。

「……クローバー？　着替えないの？」

　レインが楽屋に戻ってきた時からずっとステージ衣装のまま、部屋の隅に立ち尽くして俯《うつむ》いていたクローバーは、レインの問いかけにも反応しない。

フレアもそうだったが、戦舞台《ウォーステージ》に負けるとアイドルは反応が鈍くなるんだろうか。

とはいえ、プロデューサーからは帰りも一緒に橋車《ブリッジ》に乗るよう言われている。いつまでもクローバーをこのままにしておくわけにはいかない。

「クローバー」

「……っ⁉」

縮こまった肩に手を乗せると、そこから電気でも流れたかのようにクローバーの身体《からだ》が大きく跳ねた。振《ふ》り返《かえ》った顔は青ざめ、目は見開かれ、唇は小刻みに震えている。

「……っ、あ……っ。レイン、ちゃん……」

「着替えて帰ろう。一人じゃ無理なら手伝う」

「てつだ……っ、い、いえっ、平気、です……」

途切れ途切れに掠《かす》れた声。日頃喉を鍛えているアイドルが出すような声じゃない。

「やっぱり具合、良くなかった？」

「……っ、そ、れは……」

震える唇の隙間から、不規則に漏れる呼吸。青ざめた顔に止まらない汗。これだけの条件が揃《そろ》っていれば、いかに他人に関心のないレインでも異変には気づく。

楽屋を見渡し、二人分残っていた水のボトルを見つけたレインは、一本手に取って蓋を取り、クローバーに差し出した。

「はい。水飲んで」

「……っ、はい……。ありが、……っ！」

「あ」

クローバーの震える指先が取り落としたボトルの中身が、レインの服にかかった。

真っ青になりながらタオルを取り出し拭き取ろうとするクローバーに、レインは全く動じていない様子で静かに答えた。

「ごっ、ごめんなさいっ……！」

「いいよ。もう一本あるし」

「そ、そういうことじゃ……っ」

顔を上げたクローバーの目に、レインの無表情が映り込む。

彼女はきっと、何も気にしていない。クローバーの支度を待たされたことも、着替えたばかりの服が濡《ぬ》れたことも、残りの一本は自分の水だということも、同じ事務所のアイドルが負けたことも。怒っていいのに、苛立《いらだ》っていいのに、失望していいのに。

クローバーが切望してなお取りこぼした勝利にすら、何の達成感もないのだろう。

普通の人間がどれだけ手を伸ばしても届かないような圧倒的な高み。

心なんてとうに捨て去った、最強の……。

「……あぁ。本当にすごいなぁ、レインちゃんは……」

そよ風のように弱々しく消えた声は、目の前のレインの耳にすら辿《たど》り着《つ》けなかった。

◇

「ああ、こちらにいたか、天地《あまどころ》くん」

楽屋前の廊下でレインとクローバーを待っていたプロデューサーのもとに、眼光鋭い初老の男性が現れる。

「……知事。いらしていたのですか」

砂の国の内政と外交の一部を担う知事は、プロデューサーの肩をバンバンと叩《たた》いた。

「ははは、他でもないキミを一言労《ねぎら》いたくてね。本日もレインの勝利、見事だった」

「彼女の努力がもたらした成果です。私は何も」

「何を謙遜することがある。レインという最強のアイドルを見出《みいだ》したキミの功績は、砂の国において永く語り継がれるべきだ」

「勿体《もったい》ないお言葉です」

言葉は物腰低く遜《へりくだ》りながらも、しかし微塵《みじん》の愛想も浮かべない顔で淡々と返す。

「……しかしだね」

知事の持ってきた「本題」を思えば、ヘラヘラ笑って語らう気にはなれなかったからだ。

「レインに続く才能がキミの元に一向に生まれないことは、我が国としても非常に嘆かわしい限りだ。キミの所の、もう一方のあの体たらくは一体どういうことだね?」

「……お言葉ですが、彼女も力を尽くしました」

「ではやはりその程度が限界の弱者というわけだ。よいかね天地くん、『鉄の国』はレインの対策のため、一人の最強ではなく百人の強者を用意した。フレア以外のアイドルも決して弱くはない。こちらが弱者ばかりをぶつけていてよいわけがないのだ」

「…………はい」

「我々にも負けて失うものがある以上、いつまでも勝てないアイドルをステージに立たせておくわけにもいかん。もう一方の……何と言ったかな。ともかくアレには今後一切のライブ参加を禁止する。これは『砂の国』全域をもっての対応だ」

つまり、名前や所属を変えても無駄だと言いたいのだろう。

「弱者を根気強く育てようという気概は買おう。しかし育てても仕方のない無能には早々に見切りをつけるべきだ。でなければいずれ、キミがレインという才能を見出せたのは単なる幸運な偶然に過ぎなかったと誰もが認めることになる」

「……ご忠告、痛み入ります」

「うむ。次のには期待しているよ。励みたまえ」

肩に乗せた手に力を入れ、低い声でそう告げてから、知事は去っていく。

その背中が廊下の向こうの曲がり角に消えるまで、プロデューサーは頭を下げていた。

「お待たせ、プロデューサー。誰かいたの？」

楽屋の扉を開けて出てきたレインとクローバーに、言葉を濁して答える。

「ああ、なに、ちょっとした知り合いとの世間話だ」

「そう……なん、ですか」

クローバーにも、知事とのやり取りが聞こえていた様子はない。もっとも彼女は、ステージを降りてからずっとこの世の終わりのような暗く沈んだ表情をしていたが。

「……二人とも、今日はご苦労だった。忘れ物は無いな。帰るぞ」

会場の出口へと歩を進めつつ、後ろに続く二人にそれぞれ続けて業務連絡を言い渡す。

「レインはこのまま寮に直帰してくれ。今日は帰ったらゆっくり休んでいい」

「うん、わかった」

「クローバーは……少し、話がある。一緒に事務所に寄ってくれるか」

「……っ。は、い」

掠《かす》れ切った声でかろうじて答えたクローバーを見て、レインは無表情のまま口を開く。

「私よりもクローバーの方が、ゆっくり休んだ方がいいと思うよ」

「……もう、休んでも意味なんてないですよ……」

自嘲じみて呟《つぶや》いてから、クローバーは歩みを止めレインに向き直る。

「ねえ、レインちゃん。ひとつ聞いていいですか」

「なに？」

「今朝、十二番鉱区街で私を見た時。プロデューサーがクローバーって呼んでくださるまで……忘れてましたよね、私が誰なのか」

それまで黙って二人のやり取りを聞いていたプロデューサーが、ハッとして振《ふ》り返《かえ》る。

クローバーは、見ている方まで苦しくなるような悲痛な笑みを浮かべていた。

「そんな雑草《もの》ですか、私」

しばらく沈黙した後、レインはやはり表情を変えないままで答えた。

「うん。ごめんね、誰だか思い出せなかった」

「レインッ……！」

思わず声を上げたプロデューサーを、クローバーがそっと制した。

「いいんです。むしろ、少しだけ気持ちが楽になりました」

弱々しく微笑《ほほえ》むクローバーに、レインもプロデューサーもそれ以上何も言わず、結局三人はそれから一度も言葉を交わさぬまま帰路についた。

会場の出口や帰りの橋車《ブリッジ》の中で、人々が遠巻きにクローバーを罵倒する囁《ささや》き声も、誰にも止めることはできなかった。

◇

『……八戦、三敗か』

低く、冷たく、重く。圧《お》し潰《つぶ》すような声。

通信機越しとはいえ、短く告げられたその一言は、沈みかけた夕陽《ゆうひ》を背に軍隊の如《ごと》く整列させられた『鉄の国』のアイドルたちを震え上がらせるのに十分な威圧感を伴っていた。

「ひぃ……っ……！」

フレアの隣で大粒の涙を流し、歯をガチガチと鳴らしながら震えているアイドルは、その「三敗」のうちの一人。普通ではない怯《おび》え方《かた》をしている彼女に、通信機を手にした女性がゆっくりと歩み寄り、無表情のまま通信機を近づけて「その声」を届ける。

『……何を、そんなに怯えている？』

「ひっ……！　す、すみませ……っ！」

声の主は、『鉄の国』の最高権力者……「総帥」と呼ばれる男。

『舞台の上でもそうなのか？』

「そ、っ、そのような、ことは、け、けっして……っ」

『実に説得力に欠ける』

「っ、ひ、……っ」

呼吸さえおぼつかない彼女の手を、決して悟られないようにフレアはそっと握った。

「ぁ……」

大丈夫。そう心の中だけで伝える。

この場では、フレア自身も同じく敗者だ。どんな罰があるとしても、同じものを自分も一緒に受ける。だから少しだけでも安心して、落ち着いて息を整えて、と。

『一敗。名前は？』

「は、ひっ……？」

一敗、とだけ呼ばれたアイドルは、それが自分のことだとすぐには気づけずに。

『煩わせるな。名前を聞いている、答えろ』

さらに低くなった総帥の声で、全身に電気が走ったかのように強張《こわば》る。

「ひっ、ご、ごめんなさいっ……ふ、藤谷《ふじたに》、深紅《みく》、です……っ」

「…………！」

フレアだけでなく、その場にいた他のアイドル全員が彼女の失態に息を呑《の》んだ。

『……気のせいか？　今のはまるで人間の名前のようだったが。つまり、自分たちアイドルは人間ですとでも言っているように聞こえたのだが……？』

「……！　ぁっ、あ、ああっ」

尋常でない震えが、握った手からフレアに伝わる。

「ち、違、ちがい、ますっ。ガ、っ、ガーネ、ット……わ、わた、わたしは、ガーネットですっ！　も、もうしわけ、ありま、せんでしたっ……！」

『よろしい、ガーネット。あとは？』

再びの簡潔な問いに、ガーネットが答えに詰まってパニックに陥りそうになる。

「フレアです」

「あっ……シ、シルエット、ですッ……！」

総帥が尋ねたのは、残る「二敗」の名前。いち早く察して答えたフレアに、慌ててもう一人が続いた。

『では、フレア、ガーネット、シルエットに、一週間の『特別訓練場』行きを命じる』

「ひ……っ⁉　そ、そん、なっ……！」

『通達は以上だ』

引き留《と》める間もなく、無情にブツリと切られた通信。ガーネットが地面に倒れこむようにうずくまり、わっと泣き崩れた。

「い、いや、嫌ぁっ！　嫌だよぉ……！　しっ、死に、たくない、いい……！」

「ガッ……ガーネット！　あんたが総帥の機嫌損ねたせいで、あたしまでッ……！」

周囲の目も憚《はばか》らず泣き叫ぶガーネットや、動転して激昂《げきこう》するシルエットの姿を見て、今回は勝ったはずのアイドルたちもつられて青ざめ震え始める。

鉄の国……共心石《シンパシウム》エネルギーを利用した製鉄業が盛んな火と鉄の世界。中心に聳《そび》え立《た》つ地上五十階の巨大製鉄工場、その屋上にある『特別訓練場』に送られたアイドルは、フレアただ一人を除いて全員が卒業しており、その後の行方も明かされていない。

鉄の国のアイドル……歌って踊るだけの無知で無力な少女たちにとって、特別訓練場行きを言い渡されることは死刑宣告を受けるに等しい。

「総帥の寛大なお心遣いに感謝なさい」

通信機を手に総帥の言葉を伝えていた女性が、ガーネットの頭上から言い放つ。

「貴方《あなた》たちはチャンスを頂いたのです。斬れない鈍《なまく》ら刀を、折って捨てずに鍛え直すためのチャンスを。特別訓練を乗り越え、心身ともに強く成長して戻ってきなさい。鉄の国のため、総帥の恩義に報いるために」

もちろん、そんな反吐《へど》の出るような綺麗事《きれいごと》が彼女らの耳に届いているはずもない。

「死にたく、ない……！　わたしっ、し、死にたくっ、ないよぉっ……！」

「くそ、くそっ、ふざけんなよっ……！」

これが、彼女たちの生きている世界。

アイドルが閉じ込められた地獄。

「……まだ、終わってない」

伝播《でんぱ》していく恐怖と絶望の中、フレアだけがただ一人変わらぬ闘志を瞳に燃やす。

これまで幾度もレインに敗れ、その度に特別訓練場に送られてきたフレアが、他のアイドルのように「卒業」していないのは、その闘志で訓練を乗り越え続けてきたからだ。

どんなに強い雨に打たれても、燻《くすぶ》ることなく何度でも燃え上がる炎のように。立ち上がる度に強くなって、誰より前に進み続けて。

それでもなお、最強には程遠い。

レインは……あの「雨」は、災害だ。

砂の国にとっては恵みの雨なのかもしれない。しかし強過ぎる雨がいつまでも止《や》まなければ、鉄は錆《さ》び、霧は乱され、湖は濁り、樹《き》は朽ちゆく。

止められる誰かがいるとすれば、彼女に最も近い領域にいるはずの自分しかいない。

次こそ届く。届いてみせる。

西の地平に沈みゆく赤い赤い夕陽《ゆうひ》を、じっと睨《にら》みつけて誓うのだった。

◇

夜半。月明かりだけが微《かす》かに照らす、真っ暗闇の部屋。

天地《あまどころ》事務所に併設されたレッスンルームにて、レインは一人、踊り続けていた。

事務所にはレッスンルームの他にも、アイドルが寝泊まりするための寮、様々な運動器具を備えたトレーニングルーム、楽曲の録音なども行えるサウンドブースといった数々の施設が備わっており、所属アイドルが何不自由なく活動できるような環境が『橋の国』の多大な援助により整えられている。

スイッチ一つで部屋の明かりを点《つ》けることだってできる……にもかかわらずレインは真っ暗なままの部屋で、ぼんやりとした自分の影が辛うじて映るだけの鏡に向かって一人、ひたすらに歌い、踊っていた。

「…………次……」

床に置いた携帯端末から、ランダムに選曲された課題曲が次々に流れる。音に合わせ、何百何千何万回と身体《からだ》に染み込ませてきた動きをなぞる。頭のてっぺんから爪先まで、喉を通る空気も瞬《まばた》きのタイミングさえも、正確に、精密に、完璧に。

鏡の向こう、闇の中で踊る人形の姿は、もはやレイン自身の目にすら映っていない。

「……レイン!? お前、こんな時間まで……！」

途中でレッスンルームに入ってきた誰かの声が聞こえても、視界が突如昼間のように明るくなっても、レインはダンスを止めなかった。

「レインッ！」

少し痩せた大きな手が、レインの腕を強く掴《つか》む。

それでようやく、レインは動きを止めて声の主に目を向ける。

「…………………、あれ？　プロデューサー」

明かりを点《つ》けてもなお溶け残った夜のように、昏《くら》く寒々しいダークブルーの瞳。深い井戸の底を覗《のぞ》き込《こ》むのと似た感覚に襲われながらも、暗闇の向こうに届くよう問いかける。

「こんな時間まで何をしている。今日はゆっくり休んでいいと言わなかったか？」

その言葉に、レインは表情ひとつ変えずに淡々と答える。

「うん。だから、適当に身体《からだ》を動かしたら今日はもう寝ようと……」

「もう今日ではない」

楽曲の再生を停止し、拾い上げた携帯の画面を突き付ける。表示時刻はとうに深夜0時を回っていた。

「そうなんだ。気づかなかった」

「……せめて明かりくらい点けたらどうだ」

点灯している部屋……つまり誰かが使用中の部屋は、事務所のシステムを通じて確認することができる。少なくともこんな時間になる前に気づけたかもしれない。

「えっと……忘れてた」

まるで気にも留《と》めていなかったような口ぶりで、レインは答えた。

レインの身体には、これまで何百何千何万回と繰り返してきたレッスンの全てが刻み込まれている。それを再現するのに、鏡が見える必要すら無かっただけ。声が出て身体が動いて曲が聞こえればそれだけでよくて、部屋を明るくしておく意味が無かっただけ。必要ないから切り捨てただけ。いつものように、当たり前に。

「どうして……」

俯《うつむ》いたプロデューサーの絞り出すような声に、レインは耳を傾ける。すぐに忘れるかもしれない言葉を、ほんの数秒だけでも心に留め置くために。

「どうして、ここまで自分を追い詰めようとする？」

別段、追い詰めているつもりはない。

歌とダンスはアイドルに必要なものだから、磨いているだけ。

だけど、強いて言うのであれば……。

「今日、相手したアイドルの子に」

「……フレアか？」

「そう、フレア。フレアに言われたの、次こそは勝つって。だから私も、負けないように練習しなきゃって思って。負けたら、何もかも意味がなくなるから」

「そんなことは……」

「あるよ。だってアイドルは、戦って勝つことが全てでしょう？」

違う。そう否定しようとしたプロデューサーの喉は、しかしその言葉を紡げなかった。

　他でもない彼自身がつい先刻、敗北したアイドル一人をその末路へと導いてきたばかりだ。同じ口で綺麗事《きれいごと》を吐けない程度には、彼は正直者だった。

「……全て、とまでは言わない。負けないこと以上に大切にしてほしいこともある」

「そうなんだ」

　それが一体何なのかを問うこともなく会話を切り上げ、プロデューサーの手から携帯を取り返そうとするレインに、彼は険しい表情を向けた。

「……何のつもりだ？」

「何って、曲。途中だったから。練習の続き」

　プロデューサーは深い溜《た》め息《いき》をついてから、取り上げた携帯の電源を落とした。

「ダメだ。今夜はこれ以上のトレーニングは認めない。すぐに切り上げてもう休め」

「……でも」

「朝の走り込みに始まって、こんな真夜中までろくに食事も採らずに一日中身体《からだ》を酷使して。一体どれだけ疲労が溜まってると思ってるんだ。こんな事を毎日のように続けていては、そのうち絶対に身体を壊すぞ」

「……私、壊れないよ」

　朝と同じ言葉。あくまで自分は壊れないお人形なのだと言い張るだけの決まり文句は、今はあまりに説得力に欠けていた。

「……壊れないからといって、壊れるまで踊っていいわけではない。約束したはずだ。スケジュール外の過度なトレーニングは控える。私が休めと言ったら休む」

「約束……」

アイドルとプロデューサーとの約束。破ればきっと、アイドルを続けさせてもらえない。負けてアイドルの意義を失う以前に、アイドルでいられなくなる。

「……わかった」

だからレインはこの命令を受け入れるしかないと、プロデューサーにもわかっていた。どんなに卑怯《ひきょう》でも横暴でも、この無敵の切り札を切るのが「プロデューサーの仕事」というものだった。

「それと、これを」

「……？　水と、ゼリー……？」

手渡されたのは水の入った一本のボトルに、無機質な容器に入った『橋の国』製の栄養補助保存食であるゼリー飲料。

「夕食分には心許《こころもと》ないだろうが……休む前にこれだけでも腹に入れておいてくれ」

「それも、命令？」

「っ……そうだ。プロデューサーとして命令する。飲め」

命令と聞いた瞬間、迅速かつ恭順に、レインは容器を口に運んだ。

「……んっ…………」

全身が急速に潤っていく感覚があっても、肉体が水分を欲していたのだとレインが気づくことはなかった。

「ごちそうさま」

空になった二つの容器を返す手の冷たさと、変わらず温度のないレインの瞳に、プロデューサーは言葉もなく顔をしかめるのみだった。

「じゃ、おやすみ。プロデューサー」

「ああ……」

事務的に告げて部屋を出て行ったレインを、視線も合わせられないまま見送る。

「……アイドルに見せていい顔じゃないな……」

一人で使うには広すぎるレッスンルームの鏡に映った情けない顔を見て、プロデューサーはまた深い溜《た》め息《いき》をついた。

◇

戦舞台《ウォーステージ》から一夜が明け、またいつも通りの一日が始まる。

プロデューサーの言いつけ通り自主練を切り上げて眠りについたレインは、朝日が昇るとほぼ同時に起き上がり、練習着に着替えて寮を出た。

天地《あまどころ》事務所に所属するアイドルは全員、事務所に併設された寮に寝泊まりすることになっている。鉱区街の廃墟《はいきょ》とは違い、居住施設としても一級品の設備が揃《そろ》えられた寮では、アイドルたちは衣食住全てにおいて手厚い支援のもと快適に生活できる。

とはいえ、現在所属アイドルはレイン一人のみであったが。

「……あれ。他にも誰か、いなかったかな……」

事務所周辺の砂漠を走りながら、レインはふと考えを巡らせる。

朝起きて、走って、戻ってきて、歌って、踊って、また走って、夜少しだけ眠る。

昨日までのそんな生活の中に、自分以外のアイドルなんていなかった気がする。

「……っと」

ポケットの中で振動した携帯を取り出し通話に応じる。

「おはよう、プロデューサー。どうしたの？」

『おはよう。急で悪いが、今から事務所に来られるか』

「いいけど、なに？」

『顔合わせしてほしい人物がいる』

レインが言われた通り走って事務所まで戻ると、そこにはプロデューサーともう一人、新品のスーツに身を包んだ女性が……その服装の割には少し幼く見える、どちらかと言えば少女が立っていた。

「あ……おはようございます、レインちゃん」

自信のなさそうな笑顔で会釈した少女に続き、プロデューサーが口を開く。

「今日からは事務員としてここに務め、私のサポートをしてもらうことになった。レイン、お前のマネジメントも私と彼女との分任になる」

「改めまして、日吉早幸《ひよしさち》です。今日からまたよろしくお願いしますね」

どうやら、事務所に新しく迎え入れたスタッフの紹介らしい。プロデューサーは今までレインの世話をずっと一人でしてくれていたから、負担が減るのは有難いことだろう。

「はじめまして、早幸さん。こちらこそよろしく」

ぺこりとお辞儀をして顔を上げると、何故《なぜ》か二人の表情は驚愕《きようがく》に固まっていた。

「……レイン。お前、それは悪ふざけのつもりか？」

「え……何が？」

「何がって……！」

レインの態度に声を荒らげかけたプロデューサーの横で、早幸は逆に笑みを浮かべた。

「あー……、あはは……やっぱり」

自身のちっぽけさを嗤《わら》うような、悲痛な笑顔を。

「そんな雑草《もの》なんですね。私って」

「ク……っ」

「日吉」でも「早幸」でもなさそうな名前で呼び止めようとしたプロデューサーの声を振り切って、彼女は走り去ってしまった。

「ごめんなさい。私、どこかで彼女に会ってたっけ」

向こうは覚えていたのに自分は覚えていなくて、それで機嫌を損ねてしまった……そう解釈したレインは、ひとまず残ったプロデューサーに失態を詫《わ》びた。

「……本当に覚えていないのか？」

「ん……………………、うん。ごめんなさい」

早幸の顔、言葉、仕草や表情。色々なヒントから記憶を手繰ろうとしてはみたものの、やはりレインは「日吉早幸」との出会いを思い出すことはできなかった。

「……では、レイン。昨日、私と話した内容は覚えているか」

「話？」

「約束してほしいと言ったことだ」

落ち着き払った真剣な口調。その「約束」のことなら、レインも覚えている。

「スケジュール外での過度なトレーニングは控える、休めと言われたら休む」

記憶の通りに反復すると、プロデューサーは険しい表情でレインを見つめ言い放った。

「そういうことだ。……今すぐに休め、レイン。今日から活動休止を命じる」

「…………え？」

聞き間違いかとレインが返すも、プロデューサーの表情は変わらない。

「当分の間、ライブは勿論《もちろん》、自主練も一切禁止する。可能な限り休養に努めろ」

「私は疲れてない。休養なんて必要ないよ」

「それは、お前が判断することじゃない」

「もし嫌だって言ったらどうなるの」

「私との約束を破ることになるだけだ」

「それ、従っても、断っても、どっちにしてもアイドル辞めさせられるってことだよね」

「……理不尽だと思うなら、もっと怒ったらどうだ……！」

「怒る……？　怒るって……」

怒るって、どうやるんだっけ。

プロデューサーと問答を交わす間ずっと、レインの口調は言葉とは裏腹にとても落ち着いた抑揚のないものだった。何処《どこ》でもない虚空を見つめたまま沈黙したレインに、プロデューサーは一呼吸置いてから静かに続ける。

「……何もアイドルを辞めろとまで言ってるわけじゃない。しばらくの間、アイドルというものから離れてもらうだけだ」

「しばらくって、いつまで？」

「十分な休養が取れたと私が判断するまでだ」

「次のライブはどうするの？」

「お前が心配する必要はない」

取り付く島もないプロデューサーの態度に、レインは抗議を諦めて短く答えた。

「そう。わかった」

怒ることも、悲しむこともないまま。

温度のない無表情のままで、レインは事務所を後にした。

◇

真っ暗な寮の自室。

ベッドと鏡。あとは暗闇。他には何も無い部屋で、レインはぼんやり考える。

何がいけなかったんだろう。

早幸《さち》さんを覚えていなかったことだろうか。

ううん、多分、それはきっかけに過ぎなかった。約束はそれより前にしていた。

休養が必要に見えるくらい、今の自分には何かが足りないんだ。

それが何かはわからない。とっくに捨ててしまったものかもしれない。

身軽に空を翔《か》けるために、真っ黒な雨雲の中に置いてきたものかもしれない。

今さら拾いに戻るには、遠すぎる。

「休む……って、何すればいいんだっけ」

昨日までのレインの生活は、アイドルが全てだった。

最強のアイドルであるための努力が全てだった。

「私から、アイドル取ったら……何が残るのかな」

とりとめもない考えを巡らせながらぐるぐると部屋を歩き回っていると、ノックの音がした。ドアを開けると、廊下の灯《あか》りと共に遠慮がちに顔を出したのは早幸《さち》だった。

真っ暗な部屋の中に佇《たたず》んでいたレインの姿を見て、早幸は勢いよく頭を下げた。

「レインちゃん、ごめんなさいっ……！」

「え」

「プロデューサーから聞きました、活動休止のこと……。さっき私が変なこと言ったせいで、あの後プロデューサーと口論になってしまったんですよね……？」

「口論……は、してないと思う。それより」

先ほどの早幸と同じように、今度はレインが頭を下げる。

「私の方こそ、ごめんなさい。ずっと考えていたんだけど、やっぱり早幸さんが誰なのかも、いつどこで会ってたのかも思い出せなくて」

「っ……い、いいんです、無理に思い出してもらわなくても。むしろちょうどいい機会なのかもしれません。……私が、昨日までの私をちゃんと忘れるための」

「忘れたいの？」

その言葉にどきりと強張《こわば》った早幸だったが、息をついてから弱々しく微笑《ほほえ》んだ。

「……はい。忘れようと思っています。だからレインちゃんも気にせず忘れてください」

「わかった。そうする」

互いにしばらく沈黙してから、何か用があったのだろうと次の言葉を待つレインに、早幸は遠慮がちに口を開く。

「……あの、レインちゃん。さっき、部屋の外から聞こえてしまいました。私からアイドル取ったら、何が残るのかって……」

「ああ。うん。それも、考えてもわからなくて」

相変わらず一切変わることのない表情だったが、それでも何かを感じ取ったのか、早幸は意を決して尋ねた。

「レインちゃん……ステージ、立ちたいですか？」

「立ちたい……っていうか、立つよ。アイドルだから、それが」

ずっとそうだった。歌いたいとか、踊りたいとか、勝ちたいとか、そんな望みはどうでもよくて。ただアイドルだから、望まれたように歌って、踊って、戦いに勝つ。ずっとそうしてきた。それがレインにとっての全てだった。

そんなレインからステージを奪うのはあまりに酷だと、早幸《さち》は思ってしまった。

「……ついさっき、事務所にリハーサルの依頼がありました」

「リハーサル……って、何？」

「戦舞台《ウォーステージ》の予行演習です。デビュー前の新人アイドルの実力を測るために、同じ国のアイドルを相手に模擬ライブをする……その相手に、レインちゃんを指名してきてるんです」

「知らなかった。私、今までそんなのやったことない」

「レインちゃん相手にやっても、圧倒されるだけで何の参考にもできないから……」

至極当然な理由。『最強』の物差しは大きすぎて、とても新人の実力など測れない。

「本来なら、昨日までうちにいたアイドルが担当するような案件でした。ですが、そんな人はもういないので、この仕事を受けるなら必然的にレインちゃんが相手することになります。……使うのは小さなステージで、レインちゃんへの負担も少ないはずです。一度……一度だけなら、プロデューサーに内緒で出てもセーフじゃないかなって」

「早幸さんって、いい人だね」

「そんなこと……ありません。元々私のせいだから清算したいだけの、わがままです」

どうやら早幸はレインの活動休止の原因が自分だとまだ思っているようだ。

「わかった。リハーサル、私が出る」

即断即決即答に面食らいつつ、やっぱり「出たい」とは言ってくれなかったなと、早幸は少しだけ残念そうに微笑《ほほえ》んだ。

◇

それから二日後の朝。

レインは早幸から教えてもらったリハーサルの会場に一人で来ていた。

大した距離でもなかったので事務所から走ってきたが、これはただの移動なのでトレーニングには含まれない。レインの中ではそういう認識だ。

「本当にちっちゃなステージがある……こんな所あったんだ」

戦舞台の会場とは比較にならないほど狭い、屋根すらない吹きさらしの廃墟《はいきょ》。遺跡か祭壇のようでもある飾り気のないステージのすぐ下の地面に、申し訳程度に五本の共心石結晶《シンパシウム》が刺さっていた。どうやらあれを使って新人アイドルの力量を測定するようだ。

「身体《からだ》、ちゃんと動くかな」

二日もトレーニングを休んだのは、レインにとって初めてのことだった。

練習着姿でステージに上がり、軽く体を動かしていると。

「…………あ」

ふわり、と。

乾いた風に乗って、甘く優しい香りがした。

「おはようございますっ」

朝日に負けないくらいに明るい声に振り向く。

最初に目についたのは、まるで七色の宝石のようにらんらんと煌《きら》めく瞳。

その瞳を彩るように咲き誇る笑顔に、ふわり柔らかく広がるピンクブラウンの髪。

花の香りを纏《まと》った少女がそこに立っていた。

「はじめまして、レインさん。わたし、鈴木花子《すずきはなこ》といいます！　リハーサルを受けてくださってありがとうございます！　今日はよろしくお願いしますっ！」

元気よく名乗ってお辞儀をした少女……鈴木花子の瞳が煌めきを増す。視線が合った瞬間からずっと笑顔が絶えない。

レインがこれまで出会ったことのない種類のアイドルだった。

いや、厳密にはデビュー前なのでまだアイドルではないのだろうか。

「こちらこそよろしく。……鈴木花子って、アイドルネーム？」

「アイドルネーム……？　えっと、鈴木花子《すずきはなこ》はわたしの名前です」

「本名なの？　なら『レイン』みたいなアイドルネームを考えておくのがいいと思う」

アイドルは、ステージ上では本名とは別の名前を名乗るのが通例だ。どうしてそんな通例があるのかレインは疑問に思ったことがなかったが、レイン本人も含めみんなそうしているので、きっと何か大事な理由があるのだろう。

「でも、鈴木花子も大切な名前なんですっ。家族とお揃《そろ》いなので！」

「そっか。……じゃあ、いいのかな……」

結局本人が名乗りたい名前を名乗るのが一番だろう。そう思ってレインは「鈴木花子」を受け入れ……ようとして、やっぱりまだちょっと呼びづらいことが気になった。

「長いから、とりあえず私は『ハナ』って呼ぶね」

深い意味はなかった。花のような香りがしていたのと、最初に笑顔を見た時に「花みたいだな」と思って、「花子」からそのまま取っただけ。一秒で考えた名前である。

しかしそれを受けた彼女は、より一層瞳を輝かせて、両手を挙げて飛び上がった。

「うれしいっ！　ありがとうございますレインさん！　今日からわたしのアイドルネームはハナですっ！」

「あ、うん。……ん、それじゃハナ。始めよっか」

自主トレの時にもよく使う楽曲再生装置を操作しながらレインが尋ねる。

「ハナが先攻でいいかな。自由曲、何番がいい？」

リハーサルは基本的に本番と同じ形式で行うが、デビュー前の新人だとまだ持ち曲もないことが多いので、自由曲の代わりに好きな課題曲を選んでもらうのが通例らしい。

「大丈夫です！　わたし、持ち曲ありますのでっ！」

小走りに駆け寄ってきて、ぎこちない手つきで装置を操作するハナ。その髪や衣服、彼女の纏《まと》う空気そのものから、さっきと同じ花の香りがふわりと漂う。

……どうして、これが花の香りだって知ってるんだっけ。

レインのそんな疑問は、ハナが再生した曲のイントロに溶けて消えた。

とても優しく、穏やかな曲。

四十曲近くある課題曲の中には存在しないようなスローテンポの曲だった。

こんな曲を選択するアイドルはいない。これほど緩やかな曲調では、歌唱はともかくダンスの技量をまったくといっていいほど活《い》かせないからだ。

ゆったりとしたイントロに合わせるように、瞼《まぶた》を閉じ、右に左にゆらゆらと揺れ動くハナ。そして歌い出しに差し掛かろうかという時、彼女はゆっくりと目を開け。

「——聞いてください、わたしの歌。『One day in Bloom《ワン・デイ・イン・ブルーム》』」

優しい声音で、そう口にした。

（……今の、私に言ったの？）

レインには、そうは聞こえなかった。

しかし、今この場にいるのはハナとレインの二人きり。

（私じゃないとしたら、一体誰に向けて喋《しゃべ》ったの？）

ハナの視線の先を追っても、ただ灰色の空が広がっているだけだ。

疑問をよそにイントロが終わり、いよいよハナが歌い始める。

（これ……上手《うま》いとか、上手くないとか、それ以前に）

レインには、それが歌には聞こえなかった。

ひとつひとつの言葉を、慈しむように紡いでいく、そんなものが。

レインにとって歌詞というものは、特定の音程と長さと子音と母音を伴った音声の連なりでしかない。意味を伝える必要などないから、言葉とは本質が違う。

それなのにハナは、まるで歌詞が言葉であるかのように。

優しく、柔らかく、語り掛けるように歌っている。

レインではなく、もっと遠くの誰かに、包み込んで送り届けるみたいに。

「聴いてくれて、ありがとうございましたっ！」

結局、五分強の楽曲が流れ終わるまで、レインには目の前で起こっていることが何なのか理解できなかった。

続く後攻、レインの自由曲。

二日間のブランクを挟んだとはいえ、喉も身体《からだ》も何ひとつ問題なく動いた。いつもの自分の、いつもの実力が出せていた。

なのにレインは、何故《なぜ》かずっとさっきのハナの歌が気にかかって仕方がなかった。

何かを考えながらステージを終えたのは、初めてのことだった。

「わぁぁっ……！　すごい！　やっぱりレインさんは、一番キラキラですごいですっ！」

レインのダンスを真正面でずっと楽しそうに見つめていたハナは、両手をパチパチと合わせて音を立てながら全力でレインを褒《ほ》め称《たた》えた。

「……まだ、課題曲が残ってるよ」

「わっ、そ、そうでした……！　あの、わたし、まだまだ知らない曲ばかりなので、今回は『三番』にさせてもらってもいいですか……!?」

「え、うん。私は別に何番でも」

言われるまま承諾はしたものの、仮に四番以降を知らなくて三番を選んだというのであれば、とても戦舞台《ウオーステージ》に立つことはできなそうだ。本番では課題曲は四十曲近くからランダムに選ばれるので、九割を超える確率で知らない曲を引き当ててしまうことになる。

「でも、三番って、なんだかもったいないですよね」

「……？　何が……？」

「もっとかわいい名前の曲にできると思うんですっ！」

「………？？　………？？？」

この子は何を言っているのだろう。

砂の国と鉄の国でも言葉は通じるのに、同じ砂の国に住むはずのハナの言葉の意味がひとつも理解できない。もしかして宇宙からでもやってきたのだろうか。

「えっと……とりあえず、始めるね」

頭の中はずっとぐるぐるしていたが、曲が流れれば気にならなくなるだろう。

ハナと並んで立ち位置につき、最初の一音を待つ。

何千回と繰り返してきた、聴き慣れた「三番」の第一音が――

「……みんなぁっ、楽しんでくれてますかぁーっ！」

流れ出すと同時に、ハナが唐突に大声を上げた。

「……っ……？」

予想外の事に面食らいはしたが、それでも動きを乱されるようなことはなく、レインの身体《からだ》に染み込んだダンスが『再演』されていく。

「ラストの曲ですっ！　最後までどうか、心から楽しんでいってくださいね！　えっと、三、さん……『サンフラワー』っ！」

これは、一体何？

ハナは私を妨害して、惑わそうとしてる？

……多分違う。そんな意地悪をするような子じゃないはず。

じゃあ、さっきから一体何の真似《まね》？

誰も見ていないステージで、誰かに向かって叫ぶように。

楽しいとか、嬉《うれ》しいとか、そんな気持ちを。重りになるはずの感情を。

全部まとめてステージ上に持ち込んで、手当たり次第に振り撒《ま》いている。

実際、振り付けと全く関係ない方に顔を向けようとするせいで、ダンスは滅茶苦茶《めちゃくちゃ》。オーバーな動きも多いし、声も不必要に上ずっていて。

レインがこれまで見てきたアイドルたちの実力と比べたら、拙いなんてものじゃない。

（……なのに、なんで）

あまりにも違い過ぎて、意識を外せない。

どこにいても、ハナの声が、ダンスが、笑顔が、レインの中に入り込んでくる。

（ああ……そっか。いつもは、人形《いんぎょう》だから）

戦舞台《ウォーステージ》のアイドルはみんな、完璧な歌とダンスをなぞろうとする人形ばかりで。

練習の時と何も変わらないから、集中すればすぐに視界から消えたけれど。

(この子は……人間なんだ)

感情に溢《あふ》れて、愛とか夢とか楽しいとかを、詞《ことば》に乗せて叫ぼうとする人間。

いつまでもステージの上で呼吸《いき》をして、消えてくれない。

「っ、はぁ……っ、ありがとうございましたっ！　……みんな、だいすき……っ！」

息も乱れてへろへろになりながら、満開の笑顔だけは崩さないままで。

愛の言葉を高らかに告げて、「ハナのステージ」をやり遂げるまで。

ステージの上にいたのに、最後までレインは「一人」になれなかった。

「はぁ、はぁっ……れ、レイン、さんっ」

ぎゅっと握ってきた、あたたかい手。

「ありがとうございましたっ。すっごく、すっっっっごく、楽しかったです！」

先程よりも強く輝いて見えた瞳が、言葉以上にハナの昂揚《こうよう》をストレートに伝えてくる。

「楽し、かった……？」

「はいっ！　隣に立ってたらまるでわたしまで一緒に、レインさんみたいなキラキラのアイドルになれたみたいで……っ。えへへ、まだまだ、全然なんですけどっ！」

「うん……基礎体力は、もっとつけて……」

「がんばりますっ！」

そんなに疲れてるのは全部、重りを抱えてステージに立ったせいだよ……と、レインは口にすることができなかった。

ステージの下で煌《きら》めく、五本の共心石《シンパシウム》。

「あ……っ、そうだ、判定っ。…………え？　……え、ええ〜っ⁉」

それらが全て、先輩側《レイン》の青ではなく……、
新人側《ハナ》の薄紅色に光り輝いているのを、見つけてしまったから。


ライブが、戦争になって。

ステージが、戦場になって。

アイドルが、兵器になって。

誰もアイドルを愛することのなくなったこの世界で。

とうの昔に姿を消したはずの、笑顔で愛と夢と希望を歌うアイドルが。

——この日、人知れず『最強』の無敗記録に終止符を打った。

第二章　砂漠に咲く花

少女の朝は、元気な挨拶から始まる。

「お母さんっ、おはよう！　朝だよ！」

石のように硬いソファの上で眠っていた母に、目覚ましの声をお届け。

陽《ひ》だまりと花の匂いにくすぐられ、薄く開く目。

「お母さんったらまたこんな所で寝ちゃって。身体《からだ》痛めちゃうよ」

「ん…………」

少女の母は、眠そうに瞼《まぶた》を擦《こす》りながらのそりと上体を起こし。

「……っ⁉」

瞬間、両目を見開いて跳ね起き、少女の腕を力強く掴《つか》んだ。

「いち、……っ」

思わず声に出しかけたその名前が、目の前の少女のものではないことに気づく。

「えへへ、寝ぼけちゃってるの、お母さん？　わたし花子《はなこ》……あっ、ううん」

こほんと可愛《かわい》らしく咳払《せきばら》いをしてから、少女は満開の笑顔で言い直した。

「わたし、『ハナ』だよっ」

差し込む朝日より眩《まぶ》しい笑顔に、母は心底うんざりした顔で舌打ちをし、自分の知らない名前を名乗った少女に視線も向けずに問いかける。

「……何だ。そのハナとかいうのは」

「わたしのアイドルネームっ！」

アイドル、という単語に、母の表情はより苦いものになる。

「昨日見当たらなかったと思ったら、本当にリハーサル行ってきたのか……」

その小さな独り言を、対話の意思と捉えたハナが嬉《うれ》しそうにまくしたてる。

「あのねあのねっ、ハナって名前、レインさんがつけてくれたの！　鈴木《すずき》花子だとちょっと長いからハナって呼ぶねって。これでわたし、レインさんや他のアイドルとお揃《そろ》いになって、嬉しくて……あっ、でもでも、『鈴木花子』じゃなくなったわけじゃないよ？」

嵐のように浴びせかけられる言葉を受け流しながら、朝食代わりのゼリー飲料に手を伸ばす。そんなつれない態度にも構わず、ハナはおしゃべりを続けた。

「あのね。レインさん、すっごく、すっっっごく、キラキラだった。お店のテレビで観《み》た時より、本物はもっと綺麗《きれい》で。それになんていうか、透明で……なのに存在感すごくて！　歌もダンスも、もう何もかも全部がカッコよくて、とにかくすごくて！」

乏しい語彙で必死にレインの素晴らしさを力説しようとするハナ。

「それでね、わたしやっぱり思ったんだ。わたしのなりたい最高のアイドルに、一番近いのがレインさんなんだって。わたし、レインさんみたいなキラキラのアイドルに……世界中のみんなに愛されて、みんなにキラキラを届けられるアイドルになりたい！」

そう語るハナの瞳は、食堂のモニターに映し出されていたアイドルのライブをたった一人で観《み》ていた時と同じように……眩《くら》むほどに、輝いていた。

「……勝手にすればいい。私の目の届く範囲でならな」

ライブを観た後の帰り道、彼女が「レインさんに会ってみたい！」と唐突に言い出して翌日行動に移した時点で、こうなることは目に見えていた。

止めはしない。協力もしない。ただ見ているから、勝手にすればいい。

「ありがとう、お母さんっ！」

それを聞いたハナは、満面の笑みを浮かべて飛び上がるように喜び。

「早速、お姉ちゃんにも伝えてくるね！　わたしの所信表明！」

そのままステップを踏むように、陽光の下へと駆け出していった。

「……世界中のみんなに愛される、キラキラのアイドル……」

そんな風に映るのか、あの瞳には。

あの少女が……いや、この世界が。

「『レインさん』につけてもらった名前、ね……馬鹿馬鹿しい」

アイドルネームなんてものは、呪いでしかない。

モノや現象の名前を与え、人間の名前を捨てさせることで「人間扱いしなくてもよい」という暗黙の了解を得るための呪いの儀式。

「何処《どこ》の誰だかは知らないが、よくもそう軽々しく他者を呪えたもんだ……」

レイン。その名前について、ほんの少しは調べておいてもいいかもしれない。

とっくに空になったゼリーをもう一息吸ってから、彼女は重い腰を上げた。

◇

「勝手な真似《まね》をして、申し訳ありませんでした」

レインと『鈴木花子《すずきはなこ》』とのリハーサルが行われてから二日後の天地事務所《あまどころ》。独断でレインをリハーサルに向かわせた早幸《さち》が、プロデューサーに頭を下げていた。

当初はプロデューサーには内緒にしておく予定だったが、レインがうっかり彼の目の前でリハーサルとハナの事に関して口を滑らせかけ、不審な挙動であっさりバレた。

「過ぎた事をとやかく言っても仕方ない。この件は私の監督不行届でもある……それにお前は、レインのためを思って行動してくれたんだろう。それを咎《とが》める資格は私にはない」

「ですが……その、レインちゃんは……」

「……いや、そうだな。勝手な真似、という点に関しては確かに良くなかった。お前にもお前の考えがあっての事とは思うが、次からは一言伝えてからにしてほしい」

「っ、はい……」

なおも沈んだ表情の早幸《さち》に、プロデューサーは溜め息《たいき》ひとつこぼしてから告げた。

「そんな顔をしないでくれ。これでも私は、お前に感謝しているんだ」

「かっ……感謝だなんて、そんなの私の方こそっ……！」

思わず身を乗り出した早幸だったが、言葉に詰まって半歩退く。その様子に苦笑してから、プロデューサーは静かに語り出した。

「私がレインに活動休止を命じたのは、アイドル以外の時間を見つけてほしかったからだ。歌とダンスの他に、忘れたくないと思えるような大切な何かを。そうすれば、少なくとも現状は改善するはずだと思っていた」

レインは、アイドル以外に何の執着も持っていなかった。歌とダンスの実力を磨き、最強のアイドルとしてステージに立ち続けること、それが全てだった。そのためなら他の何もかも失《な》くしても構わないと考えていたし、実際そうして多くのものを捨て去ってきた。

「だが、一体何があの子の心に残ってくれるのか、私にはわからなかった。……レインの友人になってほしいと、お前に頭を下げることとさえ考えていたんだ」

「それは……その、頼まれて、なるようなものじゃ……」

早幸の答えに、プロデューサーは「その通りだな」と苦笑してから話を続ける。

「結局私は答えも出さないまま、あの子から奪うだけ奪って。何を与えればいいのかもわからないから、何も与えなかった。……そんなもの、絞め殺すのと何が違うのか」

自身を呪うような低い呟《つぶや》きに、早幸は何も言えずに立ち尽くすばかりだった。

「だから早幸、お前が行動してくれた事に私は感謝しているんだ。……少なくとも今、レインは鈴木花子《すずきはなこ》というアイドルに、執着しているように見える」

レインが口を滑らせた時、彼女は何を問われるでもなく自分からハナのことについて話そうとした。これまで出会ってきたアイドルの名前さえ忘れ尽くしてきた彼女が。

それは、レインにとってハナが「執着すべき特別な相手」であることに他ならない。

「レインから聞いているんだろう？　リハーサルの結果について」

「……はい。これも本当は、内緒なのですが……」

この「内緒」は、プロデューサー一人に対してのではない。

世間を混乱させないために、砂の国の誰にも知られてはいけないという意味だ。

「レインちゃんが、負けたそうです」

最強アイドルの無敗記録が、誰も知らない新人アイドルに破られたなどという事実は。

◇

「……どうして、負けたんだろう」

薄暗い自室で一人、レインは呟《つぶや》く。

あのリハーサルで、確かにレインはハナに負けた。

ハナは「きっと何か故障しちゃってたんですよね！」とニコニコ笑っていたが、リハーサル会場の共心石《シンパシウム》は確かに先輩側の青とは違う、新人側の薄紅色に光っていた。

決して技量が劣っていたわけではなかったはずだと、レインは思い返す。

ハナの見せたパフォーマンスは、確かに今まで見たことのない珍しいやり方ではあったが、だからといってレインのパフォーマンスにまで影響が出たわけではない。いつもと同じ歌声が出せたし、いつもと同じ動きができた。そもそも、その程度のノイズで調子が崩れるような半端な実力では「最強」などと呼ばれもしないだろう。

ハナのステージは、お世辞にも巧《うま》いとは言えないものだった。歌やダンスの完成度そのものよりも、笑顔を絶やさないことや感情を声に乗せることに重きを置いていた。

実力の差は明らかなはずだった。

「でも負けた」

なら、きっと何かが足りなかった。実力以外の何かが。

ハナにあってレインに無かったものが、勝敗を分けた。

「……例えば、笑顔？」

壁に立て掛けた姿見の前に立ち、自分の顔を見つめる。いくら見つめていても表情が変わることもないので、指先を口角に当て、ぐにっと押し上げてみた。

「……ふぉれは、笑顔じゃないふぁ……」

無理矢理《むりやり》形を歪《ゆが》めたところで、笑顔が作れるわけではなさそうだ。少なくとも鏡に映っているレインの表情は、ハナのそれとは根本的に違って見えた。

ハナの笑顔は、言うなれば「心からの笑顔」。

彼女は表情《かお》だけじゃなくて、心も声も言葉も歌も、彼女の全部で笑っていた。

レインの心は、笑ってなどいない。だからこれは笑顔でも何でもない。

指を離せば、すぐにいつもの「お人形《レイン》」の顔に戻った。

「どうしたら、あんな風に笑えるのかな」

ふと口にして、すぐに疑問が湧く。

私は、笑いたいの？

そんなもの無くったって、一度も困らなかったし、誰にも負けなかったのに？

ハナの真似《まね》をして笑顔を覚えたとして、それで今まで通りに勝てる保証はある？

そもそもハナが言っていた通り、本当に機材の故障だったとしたら？　リハーサル用の設備が簡素過ぎるせいで、正確な判定ができなかったとしたら？

笑顔なんて覚えても、全部無駄な重りになるだけかもしれない。

必要なかったとわかったら、またすぐに捨ててしまうことになるだけ。

「じゃあ……確かめれば、いいのかな」

もう一度ハナと会って、リハーサルの結果が真実だったのか確かめられれば。

心からの笑顔に、実力以上の価値があるのかどうかを確かめられれば。

もっと言えば、それこそが「今のレインに足りないもの」だったとしたら。

プロデューサーに、再びステージに立つ許しをもらえるかもしれない。

◇

「……驚いた。お前の方から出向いてくるとは」

レインが事務所を訪ねると、プロデューサーが一枚の封筒を手に通信端末を操作していたところだった。

「ちょうど呼び出そうとしていたところだ」

「そうなんだ。何？」

「いや、お前の用件が先でいい」

レインに向き直ったプロデューサーに、用意していた言葉をそのまま口に出す。

「リハーサルに負けた理由をハッキリさせるためにもう一度ハナと会わなきゃいけないいん

だけど何か方法はない？」

一息に言葉を浴びせかけられプロデューサーは一瞬固まったが、すぐに「そうか」と短く答え、手にしていた封筒をそのままレインに手渡した。

「ならそれもちょうどよかった。その鈴木花子《すずきはなこ》から、お前への手紙だ」

「手紙……」

ほんのりと甘い香りのついた薄桃色の封筒。中身を取り出すと、「ご招待状」と書かれた手書きの手紙が入っていた。

「拝啓、レイン様。先日はリハーサルにお付き合いいただき、どうもありがとうございました。憧れのレインさんとお会いできてとっても嬉《うれ》しかったです……」

「読み上げるのか……」

わざわざ本人が読むまで開けずに持っておいた意味が無かった。

「まだまだ話したいことがたくさんあります。レインさんさえ良かったら、わたしの家にご招待したいです。一緒にお茶会しながら、アイドルや音楽やレインさんのことについて、いっぱいお話をしませんか。……お茶会って何？」

「……茶を飲みながら語らうことだ」

「何のために？」

「た、互いを理解し……交流を深めるために？」

「アイドル同士がするようなこと？」

「いや……今までそんなことをしていたアイドルは見たことがない」

それもそのはずだ。アイドル同士に交流など必要ないし、仲を深める意味も利点もない。

ステージの上に立てば結局、アイドルは一人きりだからだ。

「……もう一枚、何か入ってる」

封筒の中に残っていたもう一枚の紙を、レインが取り出す。

「地図？」

それは、ハナの家であろう星マーク（「ここです！」と矢印が添えてある）と、この事務所や周辺の鉱区街などが記された簡素な地図だった。地図の読み方をよく知らないレインがプロデューサーに手渡すと、しばらく目を通してから驚いたような声を上げた。

「なっ……ここ、番外区のど真ん中じゃないか……!?」

「ばんがいく？」

首を傾《かし》げたレインに、プロデューサーは困惑したままの口調で答える。

「砂の国のどの鉱区にも属さない地域のことだ。脆《もろ》く崩れやすい劣悪な地形や、大規模な砂嵐などの異常気象の頻発……そういった理由で『人が住むのは不可能』とされ打《う》ち棄《す》てられた危険区域だ。当然、橋車《ブリッジ》だって通っていない」

地図を睨《にら》みつけるプロデューサーの視線は暗に語っていた。

そんな所に家などあるはずがない、鈴木花子《すずきはなこ》は嘘《うそ》をついている……と。

「……たちの悪い冗談だ。お前はからかわれているんだ、レイン」

そう言って招待状を取り上げようとするプロデューサーに、レインははっきりと告げた。

「違う。ハナはそんなことするような子じゃない」

表情は無くともまっすぐな視線に、プロデューサーは一瞬怯《ひる》む。レインがここまではっきりとプロデューサーの発言を否定するのは、あまりに珍しいことだった。

「……根拠は何だ？」

「会って、話して、知ってる」

「それも嘘かもしれないだろう。……あまり言いたくはないが、この国にもお前に良くない感情を持つ者はいる。お前を陥れるために、表面上は善人を演じたという事も……」

「そんなことない」

いつものレインからは考えられないくらいに、強い声。

「プロデューサーは、確かに私の知らない事、たくさん知ってると思うけど。ハナの事だけは、私の方が知ってる」

「……別に私だって、会ったこともない相手を悪し様《あざま》に言いたくて言ってるんじゃない。お前のためを思って言ってるんだ。もしお前の身に何かあったら……」

「あったら、何？　『レイン』がいなくなると、砂の国が困る？」

意識しての事ではなかったが、レインの言葉はプロデューサーの一番痛い所を的確に突いた。あるいは、彼自身の「お前のためを思って」などという欺瞞《ぎまん》に満ちた言葉が突き刺さったのかもしれない。

返す言葉もなく黙り込んだプロデューサーに、レインは言葉を続けた。

「番外区でも何でもいい。とにかく、私はハナの家に行ってお茶会をする。『互いを理解し』、えっと……『交流を深めるために』」

プロデューサーは観念したように地図をレインに返してから、深い深い溜《た》め息《いき》をつく。

「……しかしな、レイン。仮に地図の通りの場所に鈴木花子《すずきはなこ》が住んでいたとして、こんな番外区の中心に人の足で行くのは不可能だぞ」

「え、そうなの」

「普通の砂漠を走って横断するのとはわけが違う。……いやそれができるのも大概おかしいんだが、それでも番外区の険しさは通常鉱区の比ではないんだ。何せ人が住むことを諦めたような極限環境だ、何が起こるかわからない。せめて専用の装備でも無いと……」

ぶつぶつと呟《つぶや》き始めたプロデューサーの視界の隅で、遠慮がちに挙げられた手。

「あのぅ……」

トコトコと歩み寄ってきた早幸《さち》が、地図を覗《のぞ》き込《こ》んでから小さく微笑《ほほえ》んだ。

「この場所なら……私、レインちゃんをお連れできると思いますよ」

◇

こっちです、と早幸が二人を連れてきたのは、寮の裏手に併設されている、彼女しか踏み入ることのないガレージだった。

あまり埃《ほこり》をかぶっていない厚布を取り去ると、無骨で巨大な機械の塊が顔を出す。

「兄のお下がりの心動二輪《エモーターバイク》です。もともと砂上走行用の仕様ですから悪路も砂塵《さじん》も問題ありませんし、共心石《シンパシウム》エネルギーで動くので燃料切れの心配もありません。出力機構にも調整を入れて、パワーもスピードも出しやすいよう改良済みです」

小まめに整備しているのだろう、汚れ一つなく磨かれた黒い車体。饒舌《じょうぜつ》に機能を紹介する早幸の表情も、少しだけ楽しそうに見えた。

「防砂コートもヘルメットも二人分ありますので、レインちゃんと二人乗り《タンデム》で地図の場所まで行けます。どうぞ、レインちゃん」

手渡された装備はズシリと重く、アイドル衣装とは比較にならなかった。

「さすがに、着たまま走るには重いでしょう？」

「……うん」

二人のやり取りを見守っていたプロデューサーが、ためらいがちに早幸に声をかける。

「……早幸《さち》、いいのか？」

「えっ、はい。もちろんです。むしろこんな事でしかお役に立てなくて……」

「違う。……いやそれはありがとう、感謝する。そうではなくて、そのバイクはお兄さんの大事な……思い出の品じゃないのか。番外区など乗り回して、もしも……」

壊れたりしたら、という言葉を呑《の》み込《こ》んだプロデューサーに、早幸は微笑《ほほえ》んだ。

「そんな簡単に壊れるような杜撰《ずさん》な手入れはしてませんよ。ご安心ください、レインちゃんは必ず無事に送り届けますから」

「そう、か……わかった。プロデューサー、レインをよろしく頼む」

あっさりと告げて、プロデューサーは頭を下げた。

「行っていいの？」

「もう止めても聞かないだろう。……それに、お前と鈴木花子《すずきはなこ》……ハナが、『互いを理解し交流を深める』ことには、きっと意味があるはずだと思ってる。だから行っていい」

「わかった。ありがとう、プロデューサー」

相変わらずの無表情で簡潔に礼を述べると、レインは手早く防砂コートを羽織った。

「……い、今すぐ出る気か？」

「……？　うん。招待状には日時の指定が無かったし。いつでもいいなら、今すぐ行く」

レッスンも禁止されているし、ここに残っていてもやれる事はない。

「私は今すぐでも構いませんけど……」

「じゃ、お願い。早幸さん」

「……………そうか」

もはや何も言うまい、とばかりに溜め息《たいき》をついたプロデューサーが、ガレージのシャッターを開ける。薄暗かった庫内に、陽光がまっすぐに差し込んできた。

それはまるで、道のようだった。

真っ暗だったレインの世界を照らし、こちらに進めと指し示すような、道。

この光の先で、きっとハナが待っている。

「着たよ、早幸さん」

ヘルメットの中でくぐもった、いつもと違う聞こえ方の自分の声。早幸が確認し、被《かぶ》っただけだったヘルメットの顎紐《あごひも》をしっかり装着させる。

「はい、これで大丈夫です」

ヘルメットの向こうの表情はよく見えなかったが、声はどこか弾んでいた。

「このバイク、お兄さんのって言ってたけど。早幸さんも乗れるんだね」

「もう随分前にもらったものですから。最近はあまり乗れてなかったけど、前はこれで色んな場所まで走ってたので……運転技術に関しては、心配しないでください」

「そっか。乗り物得意って言ってたもんね」

「……えっ？」

「え。……あれ？」

あまりに自然に口から出た言葉に、疑問を抱くのに時間がかかった。

いつ、そんな話を聞いたんだっけ。

そもそも、早幸《さち》さんから聞いた話だったっけ……。

「あの、レインちゃん……？」

「……ごめんなさい、何でもない。行こう」

小さな疑問を振り払うように顔を上げ、バイクの後部座席に跨《また が》る。

「早幸さんの頭で前がほとんど見えない。このまま走るの、これ」

「膝で私の腰を挟んだり、私のお腹《なか》に手を回してぎゅっとしてくれれば大丈夫ですよ。私も子供の頃はいつもお兄ちゃ……兄の後ろでそうしてました。兄に比べたら私の背中はずっと小さいので、頼りないかもしれませんが……」

「わかった。失礼します」

躊躇《ちゅうちょ》なく早幸のお腹に手を回す。細いけどよく引き締まっていて、体幹も安定している。

「……なんだか不思議。こうしてレインちゃんを後ろに乗せて走ることになるなんて」

ヘルメットを隔てたよりもずっと向こうから、その言葉は聞こえた気がした。

「それじゃ、出発です。ちゃんと掴《つか》まっててくださいね、本当に落ちますから」

「うん」

答えたのとほぼ同時に、身体《からだ》が勢い良く後方に引っ張られるような感覚。

「わ……」

次の瞬間には、二人を乗せた車体は太陽の真下にいた。

防砂コート越しに全身を撫《な》でる風の感触。

タイヤが砂を蹴り上げながら進む音。

ランニングの時よりもずっと早く流れる景色と近づく地平。

「さ……ち、さん」

呼び掛けてはみたが、声は風に流されて届いていないだろう。

「……はやいね」

だから、ヘルメットの中だけで呟《つぶや》いた。

「はやいね。すごく」

アイドル活動休止を命じられていなかったら、今日もレッスンルームにいただろうか。

リハーサルもせず、ハナにも出会うことなく、ずっと鏡の前で踊っていただろうか。

こんな風に誰かと、風より速く走るなんて時間も、なかっただろうか。

考えを巡らせながら、抱きかかえる両腕に力を込めた。

◇

そうして小一時間ほど、景色の変化しない砂漠を飛ばし続けた頃。

「……ん」

早幸《さち》のお腹《なか》に回したレインの手を、早幸がトントンと叩《たた》く。

「どうしたの、早幸さん」

徐々に速度を落として停止し、ヘルメットのフェイスカバーを上げて早幸が振《ふ》り返《かえ》った。

「……あれ、見てください」

彼女が指差す前方には、空と地面の間に渦巻いて聳《そび》える、砂色の雲。

プロデューサーも言っていた、番外区の異常気象。

「砂嵐……」

距離感がわからなくなるほどに巨大で、まるで壁のようだった。

「地図の場所は……多分あの中です」

早幸の声は、少しだけ震えていた。

「そうなんだ。行けそう？」

「やっぱり行くんですね……」

「うん。じゃなきゃ、ここまで来た意味ない」

「それはそうなんですけど……ああもう！」

腹を決めた早幸は砂嵐の方へと向き直り、叫ぶように声を上げた。

「手、絶っ対放しちゃダメですよ！　レインちゃんを無事に送り届けるって、プロデューサーと約束したんですから！」

「わかった、放さない」

「それと、あんな砂嵐の中で家を見つけるなんて無理ですから！　何も見つからなくて向こう側まで通り抜けちゃったら、諦めて帰りますからね！」

「うん。ちゃんと探す」

諦めて帰る、そんな選択肢は最初からレインの中にはない。

「〰〰〰っ！」

まだまだありそうな言いたいことを、全て吹き払うかのようなスピードで早幸はバイクを飛ばした。砂の壁がみるみる近づいてくる。

「もっとしっかり掴《つか》まってて！」

そんな言葉だけが辛うじて聞こえ、レインは早幸の背中に強くしがみついた。

あっという間に、視界が夜のように暗くなる。

細かく硬い無数の砂粒が、前後左右から全身に降りかかる。

砂がヘルメットを打つ音が、ザーザーと絶え間なく耳の奥に鳴り響く。
路面が荒れているのか、何度も身体《からだ》が浮き上がり宙を舞うような感覚が襲う。
どうにかして右を見ても左を見ても、視界を覆うのは砂だけで。
……やっぱり、プロデューサーの言ってた通りだったのかな。
こんな目の前も見えないような砂嵐の中に、人が住んでるなんてことはなくて。
ハナはあの笑顔の下で、私にずっと嘘《うそ》をついていて。
ううん、もしかしたら、ただ地図の目印を書き間違えちゃったのかもしれなくて。
この暗闇の向こうには、やっぱり何もなくて。
いくら走っても、何も見つかることはないのかな。
「……そんなはずない」
ハナがお話をしたいと手紙をくれた。
プロデューサーが行っていいと言ってくれた。
早幸《さち》さんがここまで乗せてきてくれた。
その全部を、無駄にはさせない。
突如、開けた視界。
眩《まぶ》しいくらいに入り込んでくる色、色、色。

色でいっぱいの、光。

「えっ……!?　わわっ……！」

早幸が慌ててブレーキをかける。砂の地面は、そこで途切れていた。

「な、に……？　これ……」

ヘルメットを外すと、鮮やかな彩りが視界を染め上げる。

晴れ渡った青空の下に、赤、橙《だいだい》、黄色、水色、桃色、紫……そしてたくさんの、緑。

穏やかな風に乗って鼻をくすぐる、甘く柔らかい香り。

七色の花が咲き誇る、一面の花園が広がっていた。

「…………っ」

レインも、早幸も、言葉を失う。

砂の国、番外区。そんな過酷な砂漠の真ん中とは思えないほどの、見事な花園。

「えっ、あれ……？」

振《ふ》り返《かえ》ると、空を覆い尽くすほどの巨大な砂嵐はすっかり消えていた。

「あは、は……これ、夢ですかね？　もしかして私、砂嵐の中で事故って死んじゃったのかなぁ……？　ここ、どう見ても天国とか楽園とか、そんな感じの場所ですよね……？」

この世のものとは思えない光景に混乱する早幸《さち》のお腹《なか》を、レインは無言でぎゅっとした。

「あたた……!? も、もう放して大丈夫です、レインちゃん！」

「夢じゃないよ。多分」

何故《なぜ》ならレインは、この花の香りを知っている。

「それにしても……本当に綺麗《きれい》……。あっ、レインちゃん、あれ！」

早幸が指差した先。花園の中心に、青々とした蔦《つた》に覆われた半球状の建物があった。

「ハナの家だ、あれが」

確信を持ってバイクを降り、まっすぐに向かおうとしたレインを早幸が慌てて止める。

「ま、待ってレインちゃん！　あっちに道があります……！」

「あ。そっか、踏んだらダメだよね。ありがとう」

「いえ……あと、コートとヘルメットも置いて行きましょう」

言われなければ重装備のまま花を踏み荒らして突き進んでいただろうレインに呆《あき》れながら、早幸もバイクを降りた。

半球状の建物は、近づいてみるとそこそこに大きかった。剥《む》き出《だ》しになった骨組みを覆い隠すように蔦が這《は》うさまは、まるでおとぎ話のいばらの城のよう。しかし不思議と、来訪者を拒むような閉じた雰囲気はない。

風に晒《さら》された看板のかすれ切った文字を、早幸が目を凝らして読み上げる。

「……プラネ、タ……、多分、プラネタリウムって書いてますね」

「プラネタリウム？　なに、それ」

「昔の人が使っていた、星空を天井に映して観賞するための施設だったはずです」

「星空を……？　……何でわざわざそんなことするんだろう」

星なんて、夜になったら見上げれば見えるのに。昼間や曇りの日でも見たいほど、星が好きだったんだろうか、昔の人たちは。

その大好きな星がある日空から降り注いで、世界を滅茶苦茶《めちゃくちゃ》に壊したことを知ったら、どう思うんだろうか。

そこまで考えを巡らせてから、そもそもどうしてこんな普段なら気にも留《と》めないようなことが気になったのかとレインは疑問を抱いた。

思えばリハーサルの日にも、ハナのアイドルネームという些細《ささい》なことが何故かふと気になっていた。共通点といえば、花の香りがしていたことくらいだろうか。

ぼんやりと空を見上げたままの姿勢で思案に耽《ふけ》るレインに、早幸が横から声をかける。

「看板がここってことは、建物の正面はこっちでしょうか」

「あ……うん。入り口とか、見えないけど」

建物の壁にもみっしりと蔦が這っており、およそ扉の類は見当たらない。隙間だらけではあるので、入ろうと思えば入れてしまうのだが。

「勝手に入ったら、流石《さすが》にダメかな」
とはいえ、来客を知らせるベルが設置されているわけでもない。
中に人がいるなら、大きな声で呼び掛ければ聞こえるかもしれない。
そう思い息を吸い込んだレインの耳に、自分でも早幸《さち》でもない別の声が届く。
「………これ」
それは歌声だった。さほどでもない声量で、たどたどしく、声の伸びもよくはない。
けれど誰かに優しく語り掛けるような、そんな歌声。
『……十一番』
レインと早幸が同時に口にした。
「じゃあ、歌ってるのは……」
間違いない、この歌は。この声は。
声の元を辿《たど》って、建物の裏手へと走り出す。
目の前に広がったのは、緑と花々に囲まれた庭園。
白いテーブルと、白いベンチと、白いピアノ。
花の妖精でも舞い踊っていそうな幻想的な光景の中。
彼女はあの日と同じように、楽しそうに歌っていた。

「……ハナ」

　名前を呼ばれて歌を止め、振り向いたその顔に。

　満開の笑みが咲き誇るまで、一秒とかからなかった。

「……っ！　レインさんっ！」

　軽やかに駆け寄ってきたハナのピンクブラウンの髪から、花園の風と同じ香りがする。

宝石のように煌《きら》めく瞳は、周囲の草木の色が映り込んでか、安らぎそのものを宿したように淡く優しい緑色の光を映していた。

「びっくりしました！　もう来てくださるなんて……！」

「うん。……招待状、ありがとう」

　レインが取り出した少し曲がってしまった封筒を見て、ハナは無事に手紙が届いたことに喜びをあらわにした。

「よかったっ。それ、ふくろうさんに届けてもらったんですよっ」

「ふくろう……？」

「ほら、あそこ！」

　ハナが指差した先には、蔦《つた》まみれの古びた石のアーチに止まり眠そうに目を細める白いふくろうが一羽。よく見れば、庭園には他にも何種もの鳥たちが集まっていた。

「そうなんだ。かしこいね」

「えへへっ、かしこいんです。おーい、ありがとうねー！」

笑顔で手を振るハナに返事するように、白いふくろうは喉元をモフッと膨らませた。

言われてみれば、過酷な番外区から郵便屋が手紙を届けられるとは思えない。けれど、砂嵐より高く飛べる鳥なら、問題なく届けられるのかもしれない。

「それで、あのっ。そちらの方は……？」

「あ、そうだった」

庭園を目にしてからずっと絶句して立ち尽くしていた早幸《さち》に、レインが向き直る。

「や、やっぱり、夢なんじゃ……こんな可愛《かわい》くて素敵な場所、砂の国にあるわけが……」

「ハナ、こちら付き添いの早幸さん」

「はじめまして、サチさんっ。わたし、ハナといいます！」

「あっ、は、はい！　日吉《ひよし》、早幸です……」

まだ現実のものと信じ切れない光景に、おどおどしながら早幸が答える。

「お二人とも、今日はようこそお越しくださいました！　わたしたちの花園へ！」

両手を広げて二人の来訪を祝福するハナの背に、花香る風が優しく吹き抜けた。

ハナに促されるまま二人が席につくと、ハナは「お茶の用意をしてきます！」とどこかへ駆けて行った。その背中を見届けてから、早幸がぽつりと口にする。

「……レインちゃんを負かすようなアイドルって聞いて、どんなとんでもない人なんだろうって正直怖かったんですけど……想像よりずっと、明るくて元気で眩《まぶ》しい子ですね」

「うん。……ステージの上でもあのままだったよ」

リハーサルの日の、ハナの笑顔のパフォーマンスを思い起こしながらそう答えると、早《さ》幸《ち》はレインの顔を見つめたまま目を丸くした。

「……レインちゃん、今……」

「え？　私が、何？」

「い、いえ、気のせいかもです……」

言葉を濁した早幸に首を傾《かし》げつつ、今度はレインの方から話題を振る。

「そういえば、早幸さん。さっきの歌が『十一番』だって、よく知ってたね」

「えっ……？」

アイドルなら覚えていて当然だが、一般の人はアイドルの歌に区別などつけない。課題曲の番号は一応演目の直前にアナウンスはされるが、四十曲近くある上によく似た曲も少なくない課題曲を、ハミングだけ聞いて「どの曲が何番」まで言える人は稀《まれ》だ。

「それは、だって……それが仕事でしたから」

「……そっか。そうかも」

アイドル事務所の事務員なら、当然の事なのかもしれない。

「……あ」

ふとレインが視線をやった白いピアノの譜面台に、見覚えのある本が置かれていた。

「スコアブック……」

それは『橋の国』が出版する、課題曲の楽譜が全て収録されたアイドル必携の一冊。レインはもう随分前から開いていなかったが、アイドルを始めたばかりの頃にボロボロになるまで読み込んだ本だ。もはや体に染みついた癖なのだろうか、レインはそうすることが当たり前のように、席を立ちスコアブックを手に取ってパラパラとめくった。

曲名の隣に、地図と同じ字の……おそらくハナのものであろう書き込みがある。

「これ……半分くらいの曲に、名前がつけてある……」

「……名前、ですか？」

そういえば、とレインは思い出す。

ハナはリハーサルの時に歌った『三番』にも、『サンフラワー』と名前をつけていた。

「お待たせしましたっ。……あ、それ！」

ひょこりと戻ってきたハナが、スコアブックを見て嬉《うれ》しそうに駆け寄ってくる。

「あ……ごめん。スコアブック、勝手に見ちゃって」

「いいえ、そのお話もしたいと思ってたんですっ。まずは摘みたてのお茶をどうぞ！」

「どうも」

踊るような足取りでテーブルに食器を並べ、用意したハーブティーを注いでから、ハナはスコアブックをレインの手から受け取り、

「……〜〜〜♪」

急に歌い出した。

「…………!?」

いきなりのことに早幸《さち》はぎょっとしていたが、レインはハナの喉や身体《からだ》の使い方をまじまじと観察していた。リハーサルの時よりもよく声が出ている気がする。

「この曲は、『一番』の代わりに『リバーサイド／スターライト』って名前をつけてみましたっ。川辺に浮かぶ星の光って意味です」

「……リバー……、……どういうこと？」

「ホタルさんのことなんですっ。昔の図鑑で見たんですけど、川のほとりに本当に星たちが踊ってるみたいで……この曲を初めて歌った時、その景色を思い出したんです」

そんなこと、あるのだろうか。

レインは歌う時、何かを思い浮かべたことなんて一度もなかった。

歌というのはただの音の連続で、どれだけ正しい音を出せるか以上の意味はない。

ダンスも同じ。決められた動きを、決められた通りに正しく再現するだけ。

アイドルは、それらをより正しく出力するためだけの、ただの人形のはずだ。

何かを想《おも》って歌うなんてことはない。

だってそんなもの、ステージの上では全部重りになる。

「わたし、レインさんにハナって名前をもらった時、すっごくすっごく嬉《うれ》しかったんです。だからわたしも、この子たちに番号だけじゃない名前をつけてあげたくって。ステージの上でもずっと一緒にいる曲たちは、アイドルにとって家族みたいなものですから」

我が子を愛《いと》おしむ母のように、宝物のスコアブックを胸に抱くハナ。

……これなのかな。

ハナにあって、自分に足りないもの。

「ねえ。ハナは、どうして笑いながら歌うの？」

自室の暗闇から生まれて、ここまで連れてきた疑問を、まっすぐにハナに投げかける。

「どうして、そこにいない誰かに話すみたいに、歌うの？」

ハナは「んー……」と言葉を探すように唸《うな》ってから、レインの向かいの席に腰掛けて。

「わたし、最高のアイドルになりたいんです」

やはり笑って、そう答えた。

「最高のアイドル……」

「はいっ。みんなに愛されて、みんなにキラキラを届けられる、そんなアイドルです」

アイドルが、愛される？

「愛されるって……どういうこと？　アイドルが？　いつ、どこの世界の話？」

ハナが砂の国の……いや、この世界の話をしているようには聞こえなかった。それを察したのか、ハナはスコアブックの最後のページに挟んであった紙の切れ端を手に取った。

図鑑、あるいは古い本の切り抜きだろうか。色褪《いろあ》せた一枚の写真。

「……星空……？　……ううん、違う」

夜のように暗い背景に無数の光が浮かび上がり、それらに照らされたかのように一際明るい一帯に、煌《きら》びやかな衣装をまとった少女たちが数人並んでいる。

「……これ、戦舞台《ウォーステージ》？」

照らされた場所は、舞台に見える。

なら、取り巻く光は共心石《シンパシウム》で、少女たちはアイドルなのだろうか。

一点、違うとすれば……彼女たちが皆、笑顔でそこにいるということだけ。

「いいえ、もっとずっと前……隕石《ほし》が降る前のステージです」

「昔の、アイドルってこと……？」

隕石が落ちる前にもアイドルはいた。それはレインも知識としては知っている。しかしこうして実際に写真などを目にするのは初めてだった。

「この頃のアイドルは、たくさんの人に愛されていたそうです。アイドル同士が争うこともなくて、みんなで一緒に歌って踊って。彼女たちに会いに集まった観客《ファン》も、まるで星空に見えるくらい大勢いて。ここではみんなが笑顔でした」

観客、という言葉を聞いて写真をよく見てみると、共心石の光に見えたのはどうやらそれとは違う光る棒のようなもので、無数の人の手に握られていることがわかった。

そうだ。確か、昔のアイドルには一人ひとり違う色があって、共心石が無い代わりに人間の観客が大勢いて。彼らはそれぞれのアイドルの色に光る棒を持ち寄って、互いに愛を伝え合っていた。そう誰かに聞いたことがある。

「アイドルが、一人の女の子として愛されていた世界。それってすっごく、素敵です」

色褪せた写真に写るのは、アイドルが夢と希望と愛と笑顔の象徴だったはずの時代。見つめるハナの瞳は、まるでその時代の色とりどりの光を鮮やかに映し出したかのように、淡く優しく眩《まぶ》しく、たくさんの色に煌めいていて。

「こんなキラキラしたアイドルに、わたしもなりたいって思いました」

この瞳には、映っていたのだろうか、あの日。

誰も見ていないリハーサルステージの、共心石の向こうに。

彼女を照らす光を携える、一人ひとりの「みんな」の笑顔が。

「だから笑顔で歌うんです。わたしの歌を聴いてくれる人に、届いて、って祈りながら」

「……でも、誰もいないよ。戦舞台には観客席なんてない。誰も……見てない」

昔と今は違う。舞台を照らすのは共心石の光だけだし、笑顔のアイドルもいない。

　しかし、ハナはゆっくりと首を振った。

「いいえ。わたしが、見てました」

「え……？」

「この間のレインさんのステージ、鉱区街のテレビで観《み》たんですっ」

「…………ああ。この前の」

　先日、レインが最後に立った、フレアとの戦舞台《ウォーステージ》のことだろう。

「画面越しだったけど、レインさんはずっとキラキラ輝いてて。歌も、ダンスも、全部全部ほんっとうに凄《すご》くて……うまく言葉にできないですけどっ。画面越しなのに、ずっと遠く離れてるはずだったのに、レインさんのキラキラは、わたしまで届いたんです！」

「キラキラ……」

「あの日、レインさんのライブを観て、ああ、これが『アイドル』なんだって思って。すぐに思い浮かんだのがこの写真でした。レインさんがこのアイドルたちと同じようにキラキラ輝いて見えたんです。だからそれからずっと、お守りにして持ってるんですっ」

　やっぱり、ハナの言うことはよくわからない。けれど何だか彼女の言葉は、失《な》くさないように大切に持っておかないといけない気がした。

「笑顔も、キラキラも、きっと届きます。だからわたしも、レインさんみたいに、誰かに……ううん、みんなにキラキラを届けられるアイドルになりたい。そんな最高のアイドルになって、みんなと笑顔を分かち合うような、最高のライブをしたいんです！」

夢物語だと、レインは思った。

ハナの言う『アイドル』は、きっとレインや早幸《さち》がよく知るアイドルとは全く違う。

アイドルは互いの国の資産をかけて争うための兵器だ。笑顔を分かち合うような相手なんていない。ハナはそんなアイドル同士の戦場の真ん中に丸腰で立って「一緒に歌いましょう！」と手を伸ばすのと同じようなことを言っている。

砂漠の真ん中に、一輪《ひとり》。ぽつんと咲く花みたいだと思った。

太陽の熱に灼《や》かれて、荒れた大地に渇いて、砂まとう風に散らされて。

あっという間に枯れてしまうような、弱くて儚《はかな》い花。

「……いいなぁ」

ぽそりと呟《つぶや》いたのは、ずっと黙って話を聞いていた早幸だった。

「誰もがそんな、キラキラのアイドルだったら……誰もが笑顔でステージに立てるような世界だったら。アイドルもさぞ、楽しいんでしょうね……」

彼女の言葉には、絶対に叶《かな》うはずがないという諦めがありありと浮かんでいた。

物事の道理がわからない幼子に、上辺だけでも共感してみせるような、乾いた言葉。

「はいっ！　そんな世界にわたしがします！」

それをまっすぐに受け取って、ハナは強すぎる言葉を返した。

「わたし一人じゃなくて、みんなみんな。たくさんのアイドルが笑顔でステージに立てるような、そんな世界をもう一度取り戻すこと。それがわたしの夢なんですっ」

宝物の写真を手に夢を語るハナの表情は、そこに写るどのアイドルよりも眩《まぶ》しい笑顔で。

「……いい夢だね」

レインの口から、心の底から素直にそう思った言葉がそのまま零《こぼ》れ落《お》ちた。

「叶《かな》うといい、って思う」

「……っ！　えへへっ、ありがとうございますっ！」

とても不思議な感覚だった。

夢なんて、所詮ステージの上には持ち込めない。レインにとっては、ずっと必要のない荷物だったはずなのに、今こうしてハナの夢が「いい夢」だとレインは口にしていた。

ハナの言葉で、レインの中に知らなかった何かが生まれてくる。

もし、そんな世界が現実になったら。

私もハナみたいに、心から笑えるようになるのかな。

（………あれ？）

何でそんなこと思ってたんだっけ。

確か、リハーサルでハナに負けた理由を探るために、ハナに会いに来て。

それさえわかれば、もう誰にも負けなくなると思って。

またプロデューサーに、アイドルとして求めてもらえると思って。

でも、みんなが笑顔でステージに立つ世界なら、アイドルが戦う必要もなくなって。

そうなったら、最強のアイドルなんてものは。

星明かりを遮るだけの雨雲なんてものは。

……『レイン』なんてものは、もう要らなくなるんじゃないの？

「それに、そんな世界になったら、お姉ちゃんもまた笑ってステージに戻ってこれるから。わたしもきっと、お姉ちゃんと一緒に歌えるようになるからっ」

ハナの声で、レインはハッと思案の沼から引き戻される。

「……お姉さんがいるの？」

「はいっ。大事な大事な、家族ですっ！」

満面の笑みで答えると、ハナはスコアブックの裏表紙を見せる。そこには、曲の名前を書き込んでいたのと違う字で、「鈴木花子《すずきはなこ》」とは別の名前が書かれていた。

「このスコアブックも、リハーサルの時に歌った『One day in Bloom《ワン・デイ・イン・ブルーム》』も、元々はアイドルだったお姉ちゃんのものなんです」

確かに、それならデビュー前の新人アイドルが持ち曲を持っていたのも納得がいく。

しかし、レインも早幸《さち》も別の言葉に引っ掛かりを覚えていた。

アイドルだった。ハナはそう言った。

他にも、「ステージに戻ってこれる」とか「一緒に歌えるようになる」とか、今はそうではないという言葉ばかり。

「そうだっ、せっかく来ていただいたのでお二人にもご紹介しますね！　こちらですっ」

弾むようなステップで楽しそうに歩き出したハナに、ついて行かないわけにもいかず、レインと早幸《さち》は顔を見合わせてから席を立って後に続いた。

花園の中心でずっと存在感を放っている半球状の「プラネタリウム」なる建物。ハナは蔦《つた》をカーテンのようにかきわけて、その中へと入っていく。

「わ……っ」

建物の中には、外の花園にも劣らない様々な種類の植物が生い茂っていた。

花だけではなく、青々とした木々や、サボテンのような多肉植物。更には大きな水溜《みずた》まりもあって、初めて目にする花や葉っぱが所狭しと浮かんでいる。天井からは骨組みと蔦の隙間を縫って零《こぼ》れ日が差し込み、暖かな空間を作り出していた。

「……あれって」

ハナがてくてくと歩いていく先に、見えたもの。

それは、緑に囲まれた小さなステージだった。

「あっ。もしかして、さっきの写真の……？」

早幸の言葉でレインも気づく。

周りに緑が生い茂って様変わりはしているが、形や大きさはまさしくあの写真に写っていたアイドルたちのステージだった。

「はいっ。ここは昔、プラネタリウム兼コンサートホールだったそうです」

星を見る場所で、アイドルが歌い踊る。それを見に人々が集まり、彼等《かれら》が持ち寄った光でまた星空ができる。不思議な場所だ、とレインは思う。

駆け出して、ぴょこんとステージに飛び乗ったハナが、にっこり笑って告げる。

「お客さんが増えたよ、お姉ちゃん」

リハーサルの時と同じ、遠くの誰かに語り掛けるみたいに。

「え……？」

ハナの視線の先を振《ふ》り返《かえ》る。

ステージの真ん前、真っ白な花に囲まれた特等席。

少女が、静かに座っていた。

「紹介しますねっ。わたしのお姉ちゃん、鈴木《すずき》一花《いちか》ですっ！」

ハナに笑顔で紹介された一花は、微動だにしない。

表情どころか眉ひとつ動かさず、黙ってステージを……いや、その方向にある虚空をじっと見つめていた。本物そっくりに作られた人形みたいに、ぴくりとも動かずに。

……この人、本当に生きているの？

「あ、大丈夫ですよっ。ちゃんと起きてますし、声も聞こえてます。お姉ちゃん、こちら、レインさんとサチさん！　なんとアイドルさんたちだよっ」

二人の方に首を向けることもなく、一花《いちか》はハナの方から視線を動かさない。……いや、逆だ。一花の視線の先、ステージの真ん中にハナが立っただけ。

「……この、子……これって……」

早幸《さち》は「私の方はアイドルさんじゃない」と否定するのも忘れて、一花の姿に釘付《くぎづ》けになっていた。その顔は青ざめて、何かに怯《おび》えているようでもあった。

一花は、よくよく見れば髪の色や目鼻立ちなどはどことなくハナに似ている気はしたが、表情が違い過ぎるせいでとても姉妹には見えなかった。ハナは出会ってからいつもずっと笑顔だったのに、一花の顔には何の感情も浮かんでいない。喜びも、怒りも、哀《かな》しみも。

例えるなら、ハナが人間で、一花が人形。

それほどまでの隔たりが、ふたりの姉妹の姿には感じられた。

「お姉ちゃん、今はちょっと色々なことを忘れちゃってるみたいなんですけど。前はわたしに負けないくらいアイドルのことが大好きだったんです。だからわたしが最高のアイドルになって、このステージでお姉ちゃんに最高のライブを見せてあげれば、きっとアイドルが大好きだった気持ちを思い出してもらえるって思うんです！」

色々なことを忘れてるという一花はまるで、心のないお人形。

暗い部屋の、鏡の向こうに立っていた、『レイン』にそっくりだった。

「そんなわけで、お姉ちゃんに今日一日あった事をお話したり、練習した歌やダンスを見てもらうのがわたしの日課なんですっ」

柔らかな木漏れ日に照らされたステージの上で、この場の誰より感情豊かなハナが力強く笑い、軽やかなステップでくるりと回る。

「えへへ、お客さんが三人っ。あの、わたし、今から歌ってもいいですか？」

「え……うん」

ダメだなんて言う理由もない。

「ありがとうございますっ。それじゃあ……」

すぅ、とハナが息を吸い込んだその時。

「そこで何をやってる」

静かで優しい緑のコンサートホールに似合わない、突き刺すような鋭い声がした。

声の方へレインが振《ふ》り返《かえ》ると、白いシャツに白衣を羽織った女性が立っていた。

「あっ。お母さんっ！」

ハナが母と呼んだその女性は、攻撃的な目つきでレインを睨《にら》みつけてから、一花《いちか》との間に割って入るように早足で歩いてきた。

「おい。誰だこいつらは」

視線を外さないまま、ステージ上のハナに尋ねる。

「レインさんとサチさんだよ。わたしが送った招待状を見て、ここまで来てくれたのっ」

「……そうか。お前が」

レインという名を聞いた瞬間。

彼女の表情に浮かんでいた攻撃性は、明確な憎悪に変わった。

「あ、の……」

「下がれ。それ以上、一花に近づくな」

無意識に一歩前に出ていたらしい。言われた通りにレインは後ずさる。

「……初めまして。私、先日ハナの……花子《はなこ》さんのリハーサルの相手を務めさせていただきました、天地事務所《あまどころ》のレインと言います」

名乗らなかったことが失礼に思われたのかと、レインは考え得る限りの丁寧な自己紹介をして頭を下げた。早幸《さち》も慌ててそれに続く。

「し、失礼しました。私、レインのアシスタント兼事務担当の日吉《ひよし》と申します」

早幸が差し出した新品の名刺を、ハナの母は興味無さそうに受け取った。

「アポイントも無しに来訪とは不躾《ぶしつけ》だな」

「か、重ねてお詫《わ》び申し上げます……」

不穏な状況に黙り込んだレインに、再び彼女は牙を剥《む》く。

「なあ、お前。そんなに一花の姿が珍しいか？」

「えっ……その」

怒鳴るでもなく、しかし明確な敵意を浮かべた低い声で彼女は続けた。

「どうせ初めてだろ、星眩《ほしくら》みを見るのは。いいご身分だな、最強アイドル」

『星眩み』という、聞き慣れない単語に。

「………………っ！」

隣の早幸が、息を呑《の》む音が続いた。

何かを問おうと口を開いたレインを遮るように、ハナの母が捲《まく》し立《た》てる。

「帰れ。今すぐ出て行け。二度と一花にその顔を見せるな」

今にも掴《つか》みかかってきそうな剣幕《けんまく》で、一歩、また一歩と詰め寄ってくる。靴底が石の床を打つ音に追い立てられるようにして、レインも一歩ずつ後ずさっていた。

「……この度は、大変失礼致しました。……行きましょう、レインちゃん」

これ以上いてもよくないことが起こると悟ってか、早幸《さち》はレインの袖を引く。

「あの男にも伝えておけ。金輪際、私たち親子に関わるなと」

憎々しげに吐き捨てられた言葉に早幸は深く頭を下げ、レインの手を取り歩き出した。

「あ……」

自然と、手を伸ばす。視線を向ける。

ステージから駆け降りてきた、ハナの方へ。

「レインさんっ」

レインに駆け寄ろうとしたハナの進路を、母親が手で塞いだ。

あっという間に遠ざかっていく二人の距離。

そんな距離を全部飛び越えるようなまっすぐな声で、ハナは一言だけ。

「また、会えますか」

その言葉が、風に乗った花の香りのように、ふわりと届く。

「……うん」

風に消えるような微《かす》かな声で、レインは答えた。

いつもの歌声とはまるで違う弱々しさで、きっとハナには届いていない。

けど、今にも消えてしまいそうなそれは、レインにとっては。

（……また、会いたい）

胸の奥の奥、心の隅に、初めて生まれた『熱』だった。

◇

「砂嵐。止《や》んだままでよかったね」

後部座席から声をかけるも、早幸は答えない。

プラネタリウムを出てからも、元来た道を歩いてバイクの所に帰るまでの間も。そして今、砂漠を走る帰途においても、早幸は一言も喋《しゃべ》らなかった。

その顔はずっと、何かに怯《おび》えているようで。真一文字に口を結んで、不安に強張《こわば》った、暗くて重たい……どこかで何度も見てきたような、そんな表情《かお》で。

「……ねえ、早幸さん」

そんな早幸に、レインは声をかけ続けた。

「星眩みって、何？」

どうしても、知らなきゃいけない気がしたから。

「…………」

早幸《さち》は依然、黙して答えない。

「一花《いちか》さんは、どうしてあんな状態だったの？」

かつてアイドルだったという彼女に、一体何があったのか。

「ハナのお母さんは、どうしてあんなに怒っていたの？」

アイドルという存在を心の底から憎むような冷たい目を、何故《なぜ》向けられたのか。

「あの男って言ってたのは、プロデューサーの事？」

もう二度と、ということは、過去に一度関わりがあったのか。

彼は、そして自分は。かつて許されないことを一花にしてしまったのだろうか。

「……一花さんがああなったのって、私のせいなの？」

「違います！」

ヘルメット越しでも声が届くように頭を近づけていたレインは、急な叫び声に思わずのけぞった。急いでブレーキを踏みバイクを停めた早幸が、ヘルメットを外して振《ふ》り返《かえ》る。

「っ、違います……絶対、レインちゃんのせいじゃありません。あれは、……星眩《ほしくら》みは、アイドルのせいなんかじゃないんです……！」

自身もヘルメットを外したレインは、何も答えずまっすぐに早幸を見つめる。フェイスカバー越しには見えなかった早幸の顔は、悲痛にゆがみ、頬《ほお》には涙が流れていた。

「……ごめんなさい……星眩みのことは、私の口からは話せません。アイドルがそれを知っても、良いことなんてひとつもないんです……だから、……っ」

忘れてほしいだなんて、早幸には言えなかった。

何もかも忘れ去ろうとしてきた彼女に、これ以上また何かを忘れろだなんて。

「……わかった。帰ったらプロデューサーに聞く。だから」

うずくまった早幸に目線の高さを合わせ、防砂コートの袖を裏返してその顔を拭う。

「泣かないで、早幸さん」

「うむぐっ」

ゴワついた布地の感触と、全然拭いきれていない不器用さに、早幸は思わず笑った。

「っふふ……はい……ごめんなさい」

「ごめんなさいは、もういいかな」

「……はい。ありがとう、レインちゃん」

「こちらこそ、運転ありがとうございます。……じゃ、帰ろう」

レインの言葉に頷《うなず》き、早幸は立ち上がり前へと向き直る。

沈みかける夕陽《ゆうひ》の方へ、二人を乗せたバイクは走り出した。

◇

「……二人とも、何があった。番外区には無事に行けたのか」

事務所に戻った早幸《さち》の落ち込んだような表情と、レインの「話がある」とでも言いたげな視線から、ただならぬ事態を察したプロデューサーが心配そうに問いかける。

「行けたよ。ハナにも会えた」

「そ、そうか……それは良かった。……なら、どうして」

そんな浮かない顔をしている、と続けようとしたプロデューサーを、レインが遮った。

「プロデューサー。聞きたいことがあるの」

一時は撫《な》で下《お》ろした胸がより大きく跳ねるのを、彼は感じた。

「星眩《ほしくら》みって、何？」

レインの透き通った声の、残響さえ聞こえなくなるまで。誰一人声も上げなかった。

「……それを、誰に聞いた……？」

沈黙を破ったプロデューサーの顔には、ただただ驚愕《きょうがく》だけが浮かんでいた。

「ハナと、鈴木一花《すずきいちか》さんってアイドルの、母親から」

「………………！」

途端にプロデューサーの顔は青ざめ、吐息は震え、一滴の汗が頬《ほお》を流れる。

ふらりとデスクに手をつき、乱れる呼吸を整えながら額の汗を拭った。

「プ、プロデューサー……!? 大丈夫ですか!?」

異様な態度を心配に思った早幸《さち》が駆け寄って支えようとするのを、手で制し拒む。

「……大丈夫だ。少し……驚いた、だけだ」

「少しって……！」

明らかに尋常ではない動揺だった。

「そうか……鈴木《すずき》、花子《はなこ》……どうして気づかなかった……」

震える声で呟《つぶや》く彼の態度を見て、レインは確信した。

プロデューサーは、全部知っている。

星眩《ほしくら》みの事も、一花《いちか》の事も、ハナたちの母親の事も。

「知ってるなら……教えて、プロデューサー」

「……ダメだ。これは、お前が知る必要のない事だ……！」

「嫌だ。教えて」

普段なら彼の『命令』通りに退《ひ》いているはずのレインは、頑として食い下がった。

「私、ハナにもう一度会いたいの。星眩みや、一花さんの事……知らないままで、またあの場所には行けない。興味本位で聞いたりしてるんじゃない。私にとって、必要なことだと思うから。知らなきゃいけないことだと思うから」

以前のレインなら絶対に言わなかった。

アイドルとして、ステージに立ちたいとも言わなかった。

活動休止命令に対して、嫌だとも言わなかった。

そのレインが、今、ハナに会いたいとはっきり口にした。

「お願い。プロデューサー」

ハナと出会ってから、レインは明らかに変わり始めている。

その変化を無理矢理《むりやり》押さえつけて、取りつく島もなく突き放して、無かったことにするような残酷な真似《まね》は、プロデューサーにはできなかった。

「……わかった。教えよう、一花の事も……星眩みの事も」

「っ、プロデューサー、ですが……！」

「ここまで知りたがってるんだ。私が秘密にしたところで、何をどうやってでも調べ上げようとするだろう。……だったらいっそ、私の口から責任をもって説明する」

早幸は、星眩みについて「アイドルが知っても良いことなんてない」と言っていた。その言葉の通りだとしても、レインはもう諦めるつもりはなかった。

「……ただ、今日はもう日が暮れる。早幸もお前も、番外区の往復で疲れているだろう。今日は多分、色々なことがあり過ぎたんだろうと思う。だからゆっくり休め」

「私は疲れてな……、……ううん。わかった」

活動休止を言い渡された時と同じ言葉を返そうとして、早幸の今にも泣きそうなほどに憔悴《しょうすい》した顔が目に入り、大人しく従うことにした。

それにきっと、プロデューサーにも心の準備の時間が必要なのだろう。

「明日の朝、また事務所に来てくれ。お前の知りたい事は全部話す。……だが」

どこか悲しそうにも見える顔で、プロデューサーは続ける。

「一花《いちか》の事も、星眩《ほしくら》みの事も。知ればお前は絶対に後悔することになる。知らなければ良かったと思うことになる。……それでも、どうしても聞きたいのか」

「うん。教えてほしい」

プロデューサーは目を閉じ、天井を仰いで、長い長い溜《た》め息《いき》をついてから、ただ一言。

「約束する」

レインに対してではなく、自分自身に誓いを立てた。

◇

きっと雨が降っていた。

だって視界が滲《にじ》んで、周りがよく見えない。

微《かす》かに聞こえる物音を頼りに、進む。

真っ暗な部屋で、誰かがすすり泣いている。

私のよく知ってる人が、私に隠れて泣いている。

「……すまない……俺の、せいで……」

どうして、あんなに泣いているんだろう。

またあの女の子たちが泣かせたのかな。

あの女の子たちのせいで、毎晩こんなに苦しそうな顔をしているのかな。

「ねえ、[redacted]」

だったら、伝えなきゃ。

私なら、そんな苦しそうな顔はさせないよ。

私なら、弱音吐いたり投げ出したりしないよ。

――私なら、絶対に壊れないお人形になれるよ。

◇

夜明け前の自室で、目が覚める。

「……ゆめ…………」

呟《つぶや》いて、上体を起こす。

夢を見ていたことは覚えているが、内容が思い出せない。

いつ以来だったろうか、夢を見るなんて。

生まれて初めてのような気さえした。

夢なんて、レインにとって最も必要のないものだったから。

「……あ。あー。あー……」

お腹《なか》の底から声を出し、頭も体も目覚めさせる。

目覚めのルーティンを済ませ、ベッドを降りて手早く着替える。

今までのレインなら、このまま寮を出て走り込みを開始し、事務所周辺の砂漠を大きくぐるりと回って、午前九時ほどに戻ってきてレッスンルームで歌とダンスの自主トレに移行するのだが……それらを禁止されてから、もう五日になる。

身体《からだ》が鈍《なま》ってしまわないか懸念しながらも、言いつけ通り「休養」に努めてきた。

けど、それもそろそろ終わりに近づいている気がしていた。

休養を命じられてしまうほどに、レインに足りていなかったもの。

プロデューサーや早幸《さち》が、知る必要はないと隠してきたもの。

ハナと出会って、レインの中に生まれたもの。

そのどれもが一つの事柄に集約されているように、レインは感じていた。

星眩《ほしくら》み。その単語が全てのヒントだという確信めいたものもある。

「……起きたら、もう朝だよね」

一秒でも早く真実を知りたかったレインは、その足で事務所へと向かうことにした。

◇

「おはようございます……」

形式だけの朝の挨拶を呟《つぶや》きながら、事務所の扉を開ける。

青白い朝日が微《かす》かに照らす薄暗がりの部屋に、一歩、踏み込んだ途端。


――え、もしかしてお子さんですか!?　うわ、カワイイっ……！


「え？」

夢を見るのと似た感覚で、知らない記憶がフラッシュバックした。

何だろう、今のは。

翳《かげ》っていてよくわからなかったけど、今の顔は。今の声は。今の香りは。

「……ゆっくり休めと言っただろう。せめて日が昇るまでは寝ていろ」

部屋の奥から聞こえた不機嫌そうな声が、途端にレインを現実へと引き戻す。

「プロデューサー……」

朝が早ければ早いほど血圧と一緒に低くなるプロデューサーの声は、レインの知る限り過去一番の低空飛行を更新していた。

「プロデューサーの方こそ、ずっと起きてたの？」

「……ああ。情けないことだが、何をどう話したものか整理がつかなくてな。……だが、たった今お前の顔を見たら不思議と言葉が次々湧いてきた。今の私は口が軽いぞ」

文字通りに軽口を叩《たた》いて苦笑してみせたプロデューサーに、レインも頷《うなず》いた。

「早幸《さち》はまだ寝ている時間だろうが……星眩《ほしくら》みの話は、あまり彼女の前でしたくなかったから丁度いい。……では、話そうか。気になったことがあれば言ってくれ」

「うん。お願い」

目を閉じ、ゆっくり息を吐いてから……プロデューサーは、話し始めた。

「まずは一花《いちか》の話からだ。彼女、鈴木《すずき》一花は……」

デスクの引き出しから一枚の写真を取り出し、レインに見せる。

「五年前、この事務所に所属していたアイドルだ」

写っていたのは、昨日花園で見た人形のような少女の、今より少し幼い顔。

そこには名前通り一輪の花のように可憐《かれん》な、満面の笑みが写っていて。

「…………ハナ？」

ハナの笑顔に、そっくりだった。

「……そうか、似ているか。やはり姉妹なんだな」

五年前の写真がハナに似ているということは、二人の歳《とし》の差もそのくらいだろうか。

「お前は覚えていないだろうが、一度だけお前と顔を合わせたこともあるんだ。五年前だから……お前が十歳、一花が十三歳の頃に、この事務所で」

「……うん」

知ってる。思い出した。

ここで挨拶したことも、アイドルや光る棒の話を聞かせてもらったことも。

あの人も、花の香りがしてたってことも。

「一花さんは、どんなアイドルだったの？」

写真の笑顔を見つめるプロデューサーの顔から、一切の笑みが消えた。

「同じだったよ、この写真と。いつも笑顔で、明るくて。厳しい戦舞台《ウォーステージ》を戦い抜くような他のアイドルたちとはまるで違って……ステージの上でも、笑おうとしていた」

思い出す、昨日のハナの言葉。

——そんな世界になったら、お姉ちゃんもまた笑ってステージに戻ってこれるから。

一花もハナと同じように、笑顔とキラキラを届けたかったんだ。

「現代の、国同士の戦いのために使われるようなアイドルではなく、かつて人々に愛と希望を与えた『アイドル』に憧れて、自分もそうなろうとしていた。アイドルはステージの上で嘘《うそ》をつかない、だなんて言って、アイドルネームも『イチカ』と名乗っていてな」

戦舞台《ウォーステージ》が生まれる前のアイドルに憧れたのも、最初に本名を名乗っていたのも、聞けば聞くほど何もかもがハナと同じだった。

「……当然それでは、勝てなかった。歌とダンスの完成度よりも笑顔でのパフォーマンスを重視していては、戦舞台を勝ち残れなかった。一花《いちか》はまるで、砂漠に芽吹いた……芽吹いてしまった、一輪の花のようだと思った。あの子はあまりにも砂の国に、この国の戦い方に合わなくて……だから俺が、笑うのを止めさせたんだ。負け続けてアイドルでいられなくなる前に。生き残る方法を、ステージ上での嘘のつき方を、教えようとした」

笑おうとしていた。

なろうとしていた。

教えようとした。

そんな言葉は、そうはできなかったことに対してしか使わない。

「そして一花は、星眩《ほしくら》みになった」

「……っ」

決定的な単語が、早朝の事務所に冷たく響いた。

「……なったんじゃないな。俺がさせたんだ。俺が潤いを奪って、手折って、枯らした」

握り締めた拳を震わせるのは、怒りだろうか、後悔だろうか。

そして「星眩みになった」結果、一花は昨日見たあの姿になった。

おそらく、それから五年もの間ずっとあのままで。

「……散々焦《じ》らしてすまない。きっと、私はまだお前に教えたくないんだ。知ってほしくないんだ。星眩みなんてものの存在を」

「……ごめん、無理。もうここまで知っちゃった」

「そうだな。私も、今さら忘れろなんて言いたくはない。……よく聞いてくれ」

プロデューサーがまっすぐに向き直る。

夜のように昏《くら》く深い蒼《あお》の瞳に映る、自分自身の顔に、まっすぐに。

「星眩みとは、共心石《シンパシウム》の光によって引き起こされる、心を失くす病だ」

病。その言葉に、知らず知らず息を呑《の》む。

それはレインの生活とは縁遠い言葉だった。

レインはこれでも、可能な限り健康的に生活してきた自覚があった。絶対に壊れない丈夫な身体《からだ》づくりを心がけてきた。

だって病気に罹《かか》ったら、身体を壊したら、ステージに立てなくなる。

病とはそれほどまでに厄介で、遠ざけるべきものだった。

「共心石《シンパシウム》の光を浴びて星眩《ほしくら》みに罹《かか》った者は、感情がまるで共心石に吸い取られたかのように失われ、心が石のように動かず無機質なものへと変わっていく。次第にどんどん感情が薄れ、記憶が薄れ……やがては自分の声すら忘れてしまう」

「……なに、それ……共心石の光って、それじゃあ」

「ああ。……星眩みは、アイドルが罹りやすい病なんだ」

観客の代わりに舞台を取り囲み、勝敗を決める無機質な光。

あの光が、アイドルたちを「心を失《な》くす病」に陥らせる……？

「こんな事実を知れば、アイドルはとても舞台になど立てなくなる。目の前に立ち並ぶ無数の石の輝きが、自分から感情を奪い去るなんて恐怖を知れば、その絶望から逃れられなくなる。共心石の前で強い恐怖や絶望を感じてしまう事が、発症の最大の引き金だとも考えられていて……だから本当は、アイドルが絶対に知ってはならない事なんだ」

早幸《さち》の言葉を思い出す。確かにこれは、アイドルが知っても良いことなんてない。

「……一花《いちか》は、絶望したんだろう。ステージの上で、笑顔で歌うことを止められて。あの子は俺を信じて、俺の指示に従おうとしてくれたのに……結局、俺が全部奪った」

想像もつかないような深い後悔に、レインはただ黙り込む。

「お前の様子を見るに、一花はまだ治ってなどいないんだな……」

「でも、生きてるって。ハナは、声も聞こえてるって」

「……星眩みに罹った者がやがてどうなるのかは、死に至るのかどうかも含めてわからないんだ。患者は『橋の国』の治療院に送られ、かの国だけが知る方法で長期治療が行われる事になっている。……だから、一花が砂の国にいるなんて思いもしなかった」

鈴木花子《すずきはなこ》という名前を聞いた時、一花との関係に気づけなかったのは、決して忘れてしまっていたからではないのだろう。

「一花の妹が今になって現れ、わざわざこの事務所を……レインを指名してリハーサルを申し出てきたのも、今なら納得がいく。……俺への、復讐《ふくしゅう》なんだろうな」

「そんなこと……」

ない、とは言い切れなかった。ハナの母親の、憎悪の視線を覚えている。

ハナ自身にそのつもりが無いのだとしても、母親が命じたことだとしたら。

「……あれ、でも」

彼女は「私たち親子に関わるな」と言っていた。だったら、わざわざハナをけしかけるようなことはしないはずだ。

「やっぱり違うよ。ハナもお母さんも、復讐なんて考えてない」

「……だといいがな」

根拠もなく頼りない慰めに、プロデューサーは力なく笑った。

まるで、復讐《ふくしゅう》であってくれた方がよかったとでも言うように。

「……一花《いちか》の事があってから、私はもう二度と担当アイドルを星眩《ほしくら》みには堕《お》とすまいと手を尽くしてきた。不安も恐怖も絶望も、決して舞台上にだけは持ち込まないよう教えてきた。それができない者にはアイドルを辞めてもらってきた。……そんな自己満足は、罪滅ぼしにすらなっていなかったのだと、今更になって気づかされた」

深い溜《た》め息《いき》の後、プロデューサーは再びレインの目をまっすぐ見つめた。

「……レイン」

「なに？」

「私が知る限りの星眩みの情報は話した。ここまで聞いて、気づいたことはないか」

突然の問いかけに、先程までの言葉をひとつひとつ思い返す。

星眩みは、アイドルが罹《かか》る心を失《な》くす病。鈴木《すずき》一花はその患者。

感情を失くし、記憶を失くし、やがては自らの声までも忘れてしまう病。

共心石《シンパシウム》の光を浴びながら恐怖や絶望した者に発症する。

治療法は橋の国だけが知っている。

プロデューサーは、星眩みに罹りそうな子には、アイドルを辞めさせてきた。

「…………ごめん、わからない。気づいたことって……？」

「……これも、この病の恐ろしさの一つなんだろうな」

レインの両肩に、プロデューサーの手が置かれる。

服越しにもわかるくらいに、震えた手が。

「レイン。お前には、星眩みの兆候があった」

「…………え？」

何を言われたのか、すぐにはわからなかった。

「私が……星眩み？」

そんなはずない。

私は、歌える。私の声を覚えてる。

ステージで絶望なんてしたことない。

「覚えはないか。自分の感情や記憶が薄れていると感じた覚えは」

「違う。それは私が自分で捨てたの。ステージの上じゃ、全部重りになるだけだから」

「……ステージを降りても、思い出せなかったんじゃないのか」

「それは……思い出せないんじゃなくて、思い出す必要がなかっただけで……」

「では、早幸《さち》とお前は、いつどこで出会った」

「…………それは」

知らない。覚えていない。心の奥の真っ暗な所に捨てて、もう取り出せない。

「だから私は、お前に活動休止を命じた。少しでも長くお前を共心石《シンパシウム》の光から遠ざけるために。あまりにもアイドルの事しか考えられないお前に、忘れたくない何かを見つけてもらうために。それでも回復の兆しが見られなかった場合は、そのままアイドルを辞めさせるつもりでいた。……本当なら、リハーサルだって行かせたくはなかった」

休養が必要なくらい、何かが足りていないんだと思っていた。

違ったんだ。足りないのは、全部だった。

今までずっと、要らないと思って捨ててしまった、全部だった。

アイドルでいるために、壊れないお人形でいるために。捨ててきた全部だったんだ。

「……だが、お前は昨日、望みを見せた。ハナに会いたいとそう言った」

暗闇に閉ざされかけた視界が、その言葉でふわりと広がる。

「どういうわけか、あのリハーサルの日……ハナと出会って以降のお前には、彼女への執着、負けた理由への探求心、星眩《ほしくら》みへの疑問、今しがたのような動揺、そしてハナにまた会いたいという明確な望み……実に豊かな感情が表れ始めた」

茫然《ぼうぜん》とするレインに構わず、プロデューサーは言葉を続けた。

「ハナにはきっと何かがある。私は、ハナが……そして恐らくハナの母親も、星眩みの治療法の秘密を知っているのではないかと思うんだ。もしそうなら、一花《いちか》を治療院に預けていない事にも説明がつく」

ハナと出会って、レインの感情が戻り始めたのなら、もしかしたら。

「もう一度ハナに会いたいんだろう。……会ってくれ、レイン。そうすればきっと、お前がなりかけている星眩みも治せるはずなんだ」

肩に置かれた手に、こもる力、宿る熱。

「……でも、私、もう二度と来るなって言われた」

「それに関しては何とか話をつけてみる。……元々、俺がつけるべきケジメだ」

そう話すプロデューサーの目にも不安は浮かんでいた。ハナや母親が本当に治療法を知っているとは限らない。藁《わら》にも縋《すが》る想《おも》いだろう。

だが、これ以上レインを不安がらせないように、精一杯の虚勢を張っていることはよくわかった。

「……うん。わかった。お願いします」

だから、レインは従うことにした。

自分が信じてきた、プロデューサーの言葉に。

早幸のマネージャー研修メモ・初歩編

※これは私、日吉早幸にいつか後輩ができた時用のメモです！
もしうっかり落としちゃったのを拾ってくれた人は、私まで届けてくれると嬉しいな。

隕石災害

今からおよそ七〜八十年前、突如として飛来した隕石とその破片によって
引き起こされた未曽有の広域災害のこと。
隕石の影響で地形や気候、生態系は大きく変動し、各地の都市機能も壊滅。
生き残った人々は各地に「国」を発足し自治を始めました。
およそ、とされるのは当時の正確な記録があまり残されていないからだそうです。
誰もが知る災害だけど、誰も詳しくは知らない……何だか不思議な話です。

砂の国

私やレインちゃんたちの住む、この国の名前です。
隕石の爆風による平地化と微細な隕石片の堆積で砂漠のように変化した地域が
国土の九割を占める、文字通りの『砂の国』ですね。
降り積もった砂から豊富な隕石資源が採れる採掘国家でもあり、
採掘場の付近には「鉱区街」という街が作られ国民の生活の中心となっています。
……ただ、採掘作業には危険も伴います。
鉱区に近づく用事ができた場合は、くれぐれもご安全に。

戦舞台《ウォーステージ》

アイドル同士が戦うライブ、その俗称です。
国同士が領土や資源の所有権を賭け、
互いの国の所属アイドル同士をステージ上で戦わせます。
あっ、戦うと言っても殴り合いのケンカじゃなくて、
歌とダンスの技能を競う形式です。
勝った方の国が、負けた方の国の所有する何かを奪い取ることができます。
領土の一部……たとえば街であったり、採掘した資源そのものだったり。
ステージ周辺に観客はいません。
ライブを観たい場合は、モニター越しに中継映像を視聴する形になります。

我々マネージャーは、アイドルのコンディションやパフォーマンスに問題がないか
確認する必要がありますが……それ以外の人が観て、一体何が楽しいんでしょうね。

国同士の……ううん、女の子同士の「戦争」なんて。

第三章　止《や》まない雨に花束を

　その後、日がすっかり昇りきった頃。

「……頼むぞ」

　心配そうに見つめる早幸《さち》と、無表情でじっと見つめるレインに挟まれて、プロデューサーは自分の携帯通信端末を操作した。

　通話先は、五年間一度も使うことのなかった番号。

　鈴木一花《すずきいちか》の……アイドル『イチカ』の持っていた端末だ。

「…………っ」

　ダメ元で掛けた電話は、七、八回の呼出音の後、

『殺すぞ』

　あまりにストレートな殺意を届けてきた。

「……………お世話になっております。私、天地《あまどころ》事務所代表兼アイドルプロデューサーを務めております、天地大志《あまどころたいし》と申します」

『黙れ気色悪い。お前の取引先なんぞになった覚えはない』

「……久しぶりだな、椿《つばき》」

通話に応じたのは、当然というべきかハナの母親、鈴木椿《すずきつばき》だった。

ひとまず通じたことに早幸《さち》は安堵《あんど》したが、会話内容は穏やかではない。

『この端末の番号知ってるのはお前だけだなんてわかってんだ、吐き気を催す名前をいちいち名乗るな。大体昨日お前んとこの日吉《ひよし》とかいう若い女にも伝えといたはずだぞ、金輪際関わるなと。報告受けてないのか？ 部下の教育もなってないんだな』

「私の判断だ、彼女は関係ない」

『その私ってのもいつからだよ、気色悪い』

容赦なく言葉のナイフで切り刻んでくる彼女に、着実にダメージを受けながらもプロデューサーは対話を試みる。

「頼みがある」

『断る』

通話を切られないだけ、取りつく島はありそうだった。

「一花《いちか》に関することではない。……レインとハナを会わせてやってもらえないか」

『……ハナ……ああ。確かにそんな名前をつけてくれてたな。お宅のレインが、勝手に』

打って変わって、熱の引いた声。

『知ってるか、プロデューサー殿。アイドルネームってのは呪いだ。花《ハナ》だとか雨《レイン》だとか、そういうモノだの現象だのの名前をくれてやれば、途端にそいつは『アイドル』って種類の便利な道具になる、そういう呪い。そんな気軽に他者を呪えるなんて、最強のアイドル様とやらは随分偉いみたいだな』

「……違う。名前は祈りだ」

『なあ、曲がりなりにも頼み事をしようってのなら、そうやっていちいち噛《か》みつくな。国のお偉方にそうするみたいに、黙ってヘコヘコ頭下げてりゃいいんだ。……それともまさか、対等だとでも思ってるんじゃないだろうな？　お前、五年もしたら忘れるのか。自分が人の大切な娘に何したのかを』

「一日だって忘れたことはない」

再び沸々と滾《たぎ》り始めた敵意に、プロデューサーは静かに、しかし力強く答えた。

「俺は一花に許されないことをした。いくら頭を下げたところで、謝罪の言葉を並べたところで、俺の全てを捧《ささ》げたところで。到底償いきれるものではないことも理解している」

『何を開き直ってんだよ。償いきれないことが謝らなくていい理由になるのか？』

「そうは言っていない。謝る機会をくれるのなら、何年だって頭を下げ続ける。……だがそれは俺と君の、俺と一花の問題だ。レインとハナの間の事には、関係がない」

流れたしばしの沈黙に、通話を切られてしまったのではと早幸が不安そうな顔をするが、プロデューサーは冷静な表情を保ったまま端末を耳に当て続けていた。

『……呆《あき》れたエゴだな。結局自分だけが得をしたいって話だろうが』

「そう受け取られても仕方のないことだとは思う」

実際、これはプロデューサーのエゴだ。都合の悪いことは一旦棚に上げて、レインのための話を進めようとしているのだから。

『…………ちっ、おい。……レインに替われ。どうせいるんだろ』

「な……し、しかし」

『さっさとしろ、切るぞ』

プロデューサーは怪訝《けげん》な顔でレインに向き直り、電話を替われと言っていたことを伝えると、レインは無言で頷《うなず》いて携帯を受け取った。

「……もしもし」

『え？……その声もしかして、レインさんですかっ⁉』

電話の向こうから聞こえてきたのは、予想外に明るい声だった。

「……え、ハナ？」

『はいっ！　ハナです！　おはようございます！』

「うん……おはよう」

突然の展開に戸惑うレインだったが、思わぬ形でまたハナの声が聞けたことに、あの時と同じ『熱』が胸の奥に灯《とも》るのを感じた。

『よかった！　昨日レインさんが帰っちゃうとき、何だか元気無さそうで心配だったから。

声だけでも聞けて良かったですっ』

「あり、がとう……私は元気。ハナの方こそ、すごく元気だね」

『えへへっ』

先程までの一触即発の会話から打って変わって、和やかな空気感が生まれていた。

『そうだ、聞いてくださいレインさん！　わたし、また歌える課題曲増えたんです！』

「……そうなんだ。順調だね」

このまま行けばハナは、近いうち戦舞台《ウォーステージ》にも立つことになるかもしれない。

戦舞台に出演する条件は、『橋の国』のデータベースにアイドルネームを登録してデビューしている事だけ。リハーサルを終えれば自動的に手続きが済むので、実はハナは既に次回の戦舞台にエントリーする権利を持っている。

……しかし、レインの目から見ても、今のままではハナが勝つのは正直厳しい。

あちこちに笑顔を向けながらの歌やダンス、正解を無視した奔放なパフォーマンス。

一花《いちか》がかつてそうだったように、それでは負けてしまう。

負ければ絶望し、一花のように星眩《ほしくら》みになってしまうかもしれない。

そうなってしまうくらいなら、ハナは戦舞台に立たない方がいいのかもしれない。

……けど、それじゃあ。戦舞台に立たないアイドルは、どこで何を歌えばいいの？

『この調子でもっともっと曲を覚えて、早くレインさんや先輩のアイドルさんたちみたいに、あのステージに立ってキラキラのライブがしたいですっ』

「……ハナは、立ちたいんだね。ステージに」

だったら、『レイン』にできることはひとつだ。

「ねえ、ハナ。また会えないかな」

『えっ？　はい！　もちろん……』


「私、ハナに歌やダンスを教えたい」

ほんの少しでもいい。ハナが負けないで済むように。

自分がこれまで培ってきた全てで、彼女の夢の、助けになりたい。

『ほっ……ほんとうですかあああぁぁぁぁ!!』

「………………！」

耳が遠くなりそうな大声で、ハナがどれだけ喜んでくれたのかが伝わってきた。

『嬉《うれ》しいっ、嬉しいですっ！　憧れのレインさんに教えてもらえるなんて……！』

「そ、そう……あの、ねえハナ」

『はいっ、なんでしょう！』

「レインさん、じゃなくて……レインで、いいよ」

声にならないほどの喜びが、電話越しの吐息からですら伝わってくる。

『えっと、じゃ、じゃあそのっ。レイン、ちゃん……』

「うん」

『……えへへへっ。レインちゃん。レインちゃんっ。レインちゃんっ！』

「なに、ハナ」

『呼びたかったから、いっぱい呼んでみましたっ！』

声の向こうのハナの満面の笑みが、瞼《まぶた》の裏に浮かぶようだった。

『おい。そこまでだ』

と、突如電話口の声がハナの母親に変わった。

先ほどプロデューサーと話していた時よりも、さらに機嫌の悪そうな声。

『レインとか言ったな。コイツと会いたければ好きにしろ』

「は、はい……その、ありがとう、ございます」

意外だった。昨日、花園で顔を合わせた時の彼女はもっと明確な敵意をもってレインを遠ざけようとしていたのに、今は好きにしろとまで言うだなんて。

『コイツがお前に会いたがってるのを邪魔するつもりは別にない。そっちのクソ男がついて来たって構わん。……ただ、花園《うち》まで来るのは許可しない』

その言葉の意味は、昨日と同じ「一花《いちか》に会うな」。

言い換えれば、ハナに会うのは別に良いということなのだろうか。

『こっちからお前らの事務所に出向くつもりもない……二時間後、十二番鉱区街に来い』

「十二番、鉱区街……」

鸚鵡《おうむ》返しに呟《つぶや》いた街の名前に、早幸《さち》が僅かに身体《からだ》を強張《こわば》らせるのが目に入った。

『ちょうど位置的にも中間くらいだし、橋車《ブリッジ》も通ってるからすぐ来れるだろ』

「……いいんですか、その、何から何まで……」

『別にお前のために言ってるんじゃない』

口調は厳しいが、ハナのために動いてくれているのだろうか。

「ありがとうございます」

電話越しには伝わらないお辞儀をしてから、携帯をプロデューサーに返す。

「感謝する。椿《つばき》」

『……言ってろ』

そっけない言葉を最後に、通話はぷつりと切られた。

「……二時間後に、十二番鉱区街にって」

「そうか。わかった、私も同行しよう」

それからプロデューサーは、暗い表情で俯《うつむ》いている早幸に向き直った。

「早幸はここで留守番していてくれ」

「っ……は、はい」

十二番鉱区街の名前を聞いてからずっと、早幸はずっと浮かない顔をしていた。

「……早幸さん。具合、良くないの？」

あれ。何だろう。今の言葉に覚えがある気がする。

以前、全く同じ言葉を彼女にかけたことがあった気がする。

「大丈夫ですよ。私の事は気にせず、ハナちゃんに会いに行ってあげてください」

「……うん……」

早幸の弱々しい笑顔に、何かずっと引っ掛かるものがある。

どうして、思い出せないんだろう。やっぱりこれも、星眩《ほしくら》みのせい？

「……レイン？　どうした」

「ううん、何でもない。行こう、プロデューサー」

星眩みの話を聞いてから、ずっと何かが胸に引っ掛かっている気がする。

それでも今は、ハナにまた会えることの方が嬉《うれ》しいように思えた。

◇

橋車《ブリッジ》に乗って、一時間強。十二番鉱区街の駅で降りたレインとプロデューサーを、すぐ外で待っていたハナの満開の笑顔が迎えた。

「レインちゃんっ！　また会えて嬉《うれ》しいですっ！」

街中に響き渡るかのような大きな声に、周囲の人々が「え、レイン？」「どこどこ？」「また来てるの？」とざわつくのが聞こえた。

「……声。リハーサルの時より、よく出るようになってるね」

「えへへ、毎日歌ってますから！」

ひたむきな努力に感心しつつ、自分はいつから歌えていないだろうとふと思う。

記憶を辿《たど》り、最後に歌った日の事を思い出そうとすると、何故《なぜ》かこの駅や街の風景がぼんやりと思い浮かぶ。住民とすれ違うたび物珍しそうに見てくる視線や、囁《ささや》き交わす言葉のどれもに、レインは覚えがある気がした。

「……私、いつかここに来たことあったのかな……」

ハナと出会って、話して。嬉しいとか、会いたいとか、そういう気持ちが少しずつ自分の中に生まれてきたことは、レイン自身にも感じられていた。けど、そうして新たに生まれる感情と違って、一度忘れてしまった記憶はきっかけ無しには思い出せないらしい。

ハナともっと話していれば思い出せるんだろうか。

「早速行きましょう、レインちゃんっ。ご案内したいところがあります！」

「……うん。お願い」

でも今は、記憶だとか星眩《ほしくら》みだとか、そういうのとは関係なく。

今のうちだけは純粋に、ハナと話していたかった。

「あー！　ハナだー！　おはよー！」

「ほんとだー、おはよー」

「はーい、おはようございますっ！」

道行く子供たちと当たり前に挨拶を交わすハナに、レインが驚いて疑問を向ける。

「……ハナ、今の子たちと知り合いなの？」

「はいっ。わたし最近、お母さんの心動車《みくるま》で何度もこの街に連れてきてもらってて。そうだ、レインちゃんのライブを初めて観たのもあのお店のテレビなんですよっ」

ハナが指差した店の外見にも、何故だか既視感がある。

これまでのレインの生活の中には、寮と事務所とライブ会場くらいしか行き先が無かったはずだ。鉱区街なんて、特に何か用があって訪れるようなことはない。

なのにどうして、ハナの後ろについて歩く道を、知っているような気がするんだろう。

「こっちです！」

石造りの建物の裏手、屋根の上へと続く階段を上っていく。

「ここでなら歌ってもいいよって、前にお店の人に許してもらったんですっ」

殺風景な屋上、その縁に立ったハナが、乾いた空気を吸い込む。

「では早速っ。聞いてください、わたしの歌……『One day in Bloom《ワン・デイ・イン・ブルーム》』」

一花《いちか》からハナへと受け継がれた持ち曲を、優しい声で歌い始める。

以前聞いた時には「ダンスの技が見せられなくて勿体《もったい》ない」と思っただけのこの曲は、今ではハナの優しさや穏やかさ、慈愛の心を余さず伝えてくれるように聞こえた。

◇

「……この曲、一花の」

ハナの歌う屋上を見上げる形でベンチに腰掛けながら、プロデューサーが誰にともなく呟《つぶや》いた。デビューに際し『橋の国』が用意した十数曲の自由曲候補の中から、一花がすぐさま「これがいいです」とこの曲を選んだことを、昨日の事のように覚えている。

「あの子は、本当にそこまで一花をなぞっているのか……」

一花と同じ歌を、笑顔で歌って。ステージの上に咲こうとする、儚《はかな》い花。

もしかするとハナは「一花をやり直そうとしている」のかもしれない。

「……妹がいただなんて、聞いたこともなかった」

「それだけ信用されてなかったんじゃないのか」

ベンチの反対端に座ってゼリー飲料を吸う椿《つばき》が、独り言のつもりで発した言葉に答えた。椿の言う通り、そんな些細《ささい》な世間話すら一花とは交わしてこなかったように思う。

「なあ。気づいてるか、お前」

空に向かって伸びやかに歌うハナと、それを隣で見つめるレインの姿を、蔑むような目つきで見上げながら椿は言い捨てた。

「あいつ、お前が一花にしたのと同じことをしようとしてるぞ」

「…………っ」

痛いところを突かれたように、プロデューサーは俯《うつむ》いて押し黙る。レインが「ハナに歌とダンスを教える」と言い出した時、確かに同じ危惧をした。

「最強アイドル様にご指導ご鞭撻《べんたつ》いただけるなんて運が良い。さぞ強くなれることだろうな、国家の兵器として」

「……レインはハナのことをちゃんと見ている。俺とは違って」

「さて、どうだか。……どうせ血は争えない、いい、い」

プロデューサーがハッと顔を上げる。

「……椿、どこでそれを……」

何かを尋ねようと口を開いた彼を無視し、椿は立ち上がり吐き捨てた。

「ここへは一花に持って帰る弁当を買いに来ただけだ。あいつらのことはついでだ」

「ま、待ってくれ！」

あくまで無視しようとする椿《つばき》に、プロデューサーが慌ててついていく。

◇
（……何、話してたのかな）

そんな二人の様子を、レインが屋上から見下ろしていた。

二人は旧《ふる》くからの知り合いに見えた。おそらく、一花《いちか》のことがあるよりも前から。

とはいえ今はハナとの時間だ。歌い終えたハナに、レインが問いかける。

「……ハナ、課題曲は何番まで覚えられた？」

「はい、『ハートフロートアイランド』……あ、えっと、三十二番ですっ！」

「そっか。いいペースだと思う」

初めて会った日から一週間も経《た》っていないのを考えると、かなりいいペースだ。

「今の歌を聴かせてもらって、まずはひとつ……リラックス。ハナは高音《ハイトーン》を歌う時に余計な力み方をしてる。それが原因で高い音は強く、低い音は弱くなりがちで、トーンごとの声量に差が出て、曲本来の流れと違う強弱が生まれてしまってる」

これは誰しもが当たり前に持つ癖のようなものだが、ハナは特にその落差が大きい。

ゆったりしたテンポで振りつけの少ない『One day in Bloom《ワン・デイ・イン・ブルーム》』でさえそうなので、激しいダンスを伴う楽曲では振り付けに引っ張られ、より安定感を欠いた歌声になってしまうだろう。立ったままで完璧に歌えない曲を、踊りながら歌うのは不可能だ。

「自分の身体《からだ》は楽器だってイメージしてみて。どんな表情でも、どんな姿勢でも、どんな曲調でも、望む音を望むように出せる楽器。必要なのはとにかくイメージと反復練習」

レインにとって、ステージ上でのパフォーマンスとは「再演」。それが日常になるまでに幾度となく繰り返してきた練習時間の完全再現である。

最強と言われるレインだって、何も最初から全ての曲を完璧に歌って踊れたということはない。激しいダンスの最中でも１００％の歌声を出せるようになるまで、日常的な走り込みで体力をつけ、何百何千何万回と練習を積み重ねてきた結果だ。

だから「正解」のイメージと、それに近づけるための反復練習こそが重要だった。

……ただ、これはレインのやり方だ。

ハナが歌いたいのは「正解の歌」じゃない。歌に込めた「言葉」や「心」だ。

ハナの笑顔を封じ込めてはいけない。それでは一花と同じ結果になる。

だったら、レインがこれまで勝ち続けてこれたのと同じ正しいパフォーマンスに、笑顔をプラスすればいい。どんな曲も笑顔で歌えることが１００％当たり前になるまで、練習して練習して練習して、完璧にモノにすればいいはずだ。

「……えへへっ」

ふと、ハナが無邪気な笑い声をこぼす。

「なんだか、こうやってレインちゃんに隣に立ってもらって、アドバイスをもらってると……一緒のステージで一緒に歌う仲間同士みたいで。とっても楽しくて心強いですっ」

「仲間……？」

あまりにも耳馴染《みみなじ》みのなかったその言葉に、思い出したのはハナの宝物の写真。

星空のようなステージに、笑顔で並び立つ少女たちの姿。

煌《きら》めきながら舞い踊り、星座を紡ぐように仲間と歌う、かつてのアイドル。

「仲間」なんてもの、レインはこれまで考えたこともなかった。

戦舞台《ウォーステージ》においては、同じステージに立って同じ曲を歌う相手は敵国のアイドルだ。決して一緒に歌う仲間なんかじゃない。

それどころかレインは、その敵の存在すら意識したことはない。

ステージの上でも、レッスンルームの鏡の前でも。レインはいつも一人だった。

でも、たった一度だけ。

ハナとのリハーサルの時だけは、レインは最後まで一人にはなれなかった。

そしてあの時、レインはハナの事を敵だと感じてはいなかった。

もしかしてあれが、「一緒に歌う」ってことなの？

「……おいっ、マジでいるんだけど、レイン！　服違うからわかんなかった！」

「ハナちゃんと知り合いって本当だったのかよっ」

ふと下の方から聞こえてきた声に見下ろしてみると、ハナの歌とレインの声に気づいてか、十数人ほどの少年少女たちが集まってきていた。皆一様に、珍しい鳥でも見つけたかのような好奇の眼差《まなざ》しでレインの姿を見上げている。

いつも一人でレッスンをしているレインにとっては、集中すれば簡単にシャットアウトできる雑音《ノイズ》に過ぎない。気にせず練習に戻ろうとすると。

「わたしの歌、聞きにきてくれたんですねっ！　みんな、ありがとーっ！」

ハナは両の瞳を陽光のように金色に煌めかせ、屋上の縁から落っこちそうなくらいに身を乗り出して両腕を大きく振った。

「わはは、ハナのばーか！　レイン見に来たんだっての！」

「でもついでだから聞いてやってもいいぜーっ！」

返ってきた言葉や笑顔のどれもが、レインが経験したこともないようなもので。

「ハナおねーちゃん、あれきかせてー！　こないだのかっこいい歌！」

「『Twilight Flyer《トワイライト・フライヤー》』ですね！　わたしも大好き！　……レインちゃん、二十七番です。良かったら一緒に歌ってくれませんか？」

「えっ……どうして……？」

ハナに向けられたまっすぐな笑顔に、レインはただ困惑した。『二十七番』はアップテンポな曲の完成度を確認するのにちょうどいい曲ではあるが、レインが歌う必要はない。ハナのパフォーマンスを隣でレインが観察し、アドバイスをする。あるいは、レインが一人で歌って踊り、ハナにお手本として確認してもらう。それならまだわかる。

だが、二人で一緒に演《や》る意味は全くないはず。

「わたしが聞きたいし、一緒に歌いたいからですっ！」

そんな疑問を全部一撃で吹き飛ばすように、ハナは高らかに言い放った。

「う……うん、わかった……」

勢いで押し切られてしまったレインは、楽曲再生機能《プレイヤー》も搭載されている携帯端末を操作して『二十七番』を再生した。

「……というわけで、次の曲は特別にサプライズゲストのレインちゃんも一緒に歌ってくれちゃいますっ！『Twilight Flyer《トワイライト・フライヤー》』、盛り上がっていってくださいねーっ！」

歌い出しギリギリまでたっぷり喋《しゃべ》るハナに、少年少女の歓声や手拍子。

いつもの戦舞台《ウォーステージ》と違い過ぎる雑音だらけの状況で、しかしレインの身体《からだ》は音楽に呼応するように動き出す。

黄昏《たそがれ》を飛ぶ者。ハナが『二十七番』に与えた名前。

レインの中にそんなイメージは無い。

自分にできるのは、何百何千何万回と練習してきた『二十七番』の再演だけ。

きっとハナが歌い踊り表現しようとしている「言葉」とは別物になる。

それは本当に、一緒に歌ってるなんて言えるのかな。

(……ああ、しまった)

鏡が無くて、ハナのフォームを確認できないことに気づき。

そんなことを気にかけながら歌っていたことには、曲が終わるまで気づかなかった。

駆け抜けるような四分間が過ぎ、曲の終わりと同時に最後の型《ポーズ》を決める。

数秒の沈黙の後、聴き入っていた少年少女たちが一斉にワッと声を上げた。

「レインすげ――――!!!」「よくわかんねーけどレインの勝ち!」「ハナちゃんと全然違った!」「ねー全然べつべつだった! ヘンな感じ!」「何であんな動いてちっとも疲れてねーんだ!?」「オレ、レインにかけっこで勝てないかもしれねー……!」「マジかー!? じゃあ誰にも無理だろ!」「おいハナもっとがんばれよー!」

わいわいと騒ぎ合う子供たちの姿が、レインには遠い別世界の出来事に見えた。

いつもなら、アイドルがライブを終えたら共心石《シンパシウム》が光って、勝敗が告げられて、それで終わり。それ以上誰の声も音も聞こえることはなかったのに。

なのに今は、いつまで経《た》っても静寂が訪れない。ステージが、終わらない。

「すっっっっごかったですっっ!! レインちゃん!!」

「…………そう、なのかな」

肩で息をしながら興奮気味に近づいてきたハナの瞳が、共心石《シンパシウム》の代わりに青く煌《きら》めく。

曇りの日でもそこだけ晴れて見えるような、空のように澄み渡る綺麗《きれい》な青。

「…………え、ハナ、私を見ながら歌ってたの」

「はいっ!」

満開の笑顔で力強く即答するハナ。

『二十七番』には……いや、ほとんどの課題曲には、同時に歌う相手アイドルに顔や視線を向けるような振り付けは存在しない。つまり曲の最中にレインを見ていたというハナは、言ってしまえば「正解」とは異なる動きをしていたことになる。

が、不思議とレインはそれを咎《とが》める気にはならなかった。

いまだ止《や》まない騒音に目を向ける。見物客はいつの間にか少年少女たちだけではなく、周りの家や店から出てきた大人まで増え、通り一帯を塞ぐほどの人数になっていた。

「みなさんっ! 聞いてくれてありがとうございましたっ!」

大きくぺこりとお辞儀をしてから、ハナがレインの方に笑顔を向ける。

「…………え?」

ハナだけでなく、眼下に集う人々全員がレインをじっと見つめていた。

ハナの言葉に続く挨拶を待つように。レインの言葉に耳を傾けるように。

「……………………………………………………あ、えっと。終わりです」

短く告げて、小さく一礼する。

途端に、ざあっ、と。一人ひとりが手を叩《たた》く音が広がった。

「………っ！」

突如沸き起こった音の嵐に、レインは思わず手を胸に当てていた。

今、何かが、胸の奥で跳ねた。

砂漠を何時間走っても、夜通し踊り続けても、ずっと静かで平然としていたレインの心臓が。まるで生まれて初めて鼓動を打ったみたいに、どくんと大きく高鳴った。

「……これって……」

眼下で行われているのは、拍手と呼ばれる行為。

相手を称《たた》える意思を、手を打って音を鳴らすことで伝える行為。

なぜ今拍手が起こっているのかはレインにはわからない。もしかすると、ハナが以前この場所で歌った時に「歌い終えたら拍手をしてほしい」と伝えたのかもしれない。

途切れることなく鳴り響く、耳の奥が緩やかに痺《しび》れるようなその音は。

ずっと前に聞いた「雨の音」に、どこか似ている気がした。

「……えへへっ。わたしやっぱり、レインちゃんとなら……」

ハナの独り言の途中、ふとレインは群衆の中に立つとある人物と目が合う。

「…………あ」

それは、何とも言えない複雑な表情でこちらを見上げるプロデューサー。

忘れていた。レインは今、アイドル活動休止中。

ライブはもちろんのこと、自主練でさえも禁止されているような状態だった。

「ごめん、ハナ。私、ライブしちゃいけないんだった」

「えっ、ど、どうしてですか？」

「プロデューサーと約束してたから」

「約束……や、破ったらどうなるんですか」

「アイドル、辞めなきゃいけないかも」

「え……えええええええっ!?!?」

◇

「ごめんなさいわたしが無理矢理《むりやり》誘いましたっ!!」

「い、いや……気にしないでくれ」

人目を避けるために移動した路地裏で、ハナがプロデューサーに対し鋭角にも届かんばかりの見事なお辞儀をした。とりあえず身体《からだ》が柔らかいのは良いことだ。

「こちらこそ、ちゃんと二人に伝えておくべきだった。レインがハナに歌やダンスを教えるために必要なレッスンは、特に禁止ということはない」

ぱぁっと瞳を輝かせて「ありがとうございます！」と再びお辞儀をするハナに苦笑しながら、プロデューサーはレインだけに耳打ちした。

「……私が禁止したかったのは星眩《ほしくら》みが悪化しかねない行為だけだ。共心石《シンパシウム》の前でライブしたり、自分の精神を追い詰めるような厳しい練習に明け暮れたり……。さっきの即興ステージは、そういうのとは違っただろう」

「そっか……」

ともかく何のお咎《とが》めも無くて良かったと胸を撫《な》で下《お》ろしたレインの心底ほっとした様子を見て、プロデューサーは思わず口走る。

「……さっきのパフォーマンスだが」

そして、伝える内容を整理していなかったことに気づき、そこで一瞬言葉を止めた。

「うん。見てたよね。どうだった？」

一歩、詰め寄って問いかけるレインの真《ま》っ直《す》ぐな視線に押され、プロデューサーはたじろぎながらも言葉を並べていく。

「歌もダンスもいつも通り、数日のブランクなど気にもならない完成度だった。……が、それ以上にさっきのお前は、いつも以上に生き生きとして見えた。笑顔とまではいかずとも、普段より柔らかい表情で……こちらにまで伝わるような熱を、微《かす》かに感じた」

レインの背後で、ハナがうんうんと満足げな笑顔で頷《うなず》いている。

かつて暗闇の中で一人踊り続けていた頃には考えられなかったほど、レインのパフォーマンスには「気持ち」が乗っていて、だから心を動かされた。

きっとそれはプロデューサーだけではない。物珍しさに集まってきた見物客たちの止《や》まない拍手と喝采が、それを物語っていた。

「プロデューサー……」

それを聞いたレインの反応は、彼の予想とは違ったものだった。

「私、ハナのパフォーマンスについて聞いたんだけど」

「……んっ？」

困惑するプロデューサーを、レインはやや不満げにジトリと見つめて続けた。

「今日は私、ハナのコーチだよ。なのに私のこと見てたの？」

「い、いやその……すまん」

「……私はハナと一緒に演《や》っててちゃんと見てあげられなかったから、そのぶんプロデューサーが見てくれてたんだと思って聞いたのに……」

ハナのことは、一花《いちか》の面影が重なってしまってどうしても直視できなかった……とはとても言えなかった。そもそもただの言い訳だし、一花を言い訳に使うなど論外だ。

「仕方ないですよレインちゃんっ。アイドルが二人で歌ってて、片方がズバ抜けてキラキラしてたら、誰だってそっちを見ちゃいます。それなら、わたしがレインちゃんと同じくらいキラキラ輝くアイドルになれるように頑張ればいいだけですっ！」

「……うん……そうだね。頑張ってね」

どこまでもポジティブなハナの意見に、レインも毒気が抜ける。

「でも……そっか。そんな風に見えてたんだ……」

先刻の鼓動を確かめるように、レインは胸に手を当てた。

「プロデューサー……私、さっきライブが終わってたくさんの拍手をもらった時、胸の奥が何だかすごく熱くなって……ドキドキしたの。今まで一度もこんなことなかったのに」

止まない歓声と拍手、終わらないステージ。リハーサルの日、ハナと立ったステージの光景と、彼女の言葉を思い出す。

——すっごく、すっっっごく、楽しかったです！

「……私、もしかして『楽しかった』のかな……？」

驚きながらも何かを答えようとしたプロデューサーを、苛立《いらだ》ったような声が遮った。

「さっきので終わりか、レッスンは？　だったらもう帰るぞ」

声の主は椿《つばき》だった。ゼリー飲料の容器を口にくわえ、手には一花に買って帰ると言っていた弁当だろうか、風呂敷包みが提げられていた。緊張に強張《こわば》るレインとプロデューサーには目もくれず、椿《つばき》はハナの手を引いて足早に立ち去ろうとする。

「……っ、待ってくれ椿！　頼みがあるんだ……！」

「もう聞いただろ、望み通り会わせてやった。……それとも何か」

とっくに空になってからも苛立《いらだ》ちのままいつまでも齧《かじ》っていたゼリー飲料の容器をプッと吹き捨て、椿は言い放った。

「レインの星眩《ほしくら》みを治してほしい、って頼みか？」

「……っ！」

いきなり核心に踏み込まれ、プロデューサーは息を呑《の》んだ。

レインの視線は思わずハナを捉えた。アイドルが星眩みの事を知るのは良くないはず……しかし、ハナは特段驚いた様子もなくにこにこしている。考えてみれば、一花《いちか》と暮らしているのなら星眩みも知っているのだろうか。

「そもそも星眩みには見えないけどな。楽しかったとかなんとか吐《ぬ》かしてなかったか？」

「……罹《かか》りかけているかもしれないんだ。ずっとその兆候があった」

「で、私なら治し方がわかると思って、こいつら二人を会わせたいとか言い出したわけだ。お前にしては頭が働くな。確かに私は人より星眩みに詳しいよ、主にお前のせいでな」

「やはり何か知ってるんだな、椿……橋の国だけが知る星眩みの治療法、その秘密を」

「……治療法の秘密ねぇ」

明後日《あさって》の方向に呟《つぶや》いた椿の正面に回り込み、プロデューサーは。

「頼むッ！」

迷いなく地に手をついて這《は》いつくばり、土下座をした。

「レインを治すため、知っている事を教えてほしい……！」

「……なあ。何で、頭下げたら教えてもらえるなんて思ってんだ？」

灼熱《しゃくねつ》で煮詰めた憎悪を頭から浴びせかけるような攻撃的な声で、椿が問う。

「傲慢は百も承知だ……！　教えてくれるなら、一花の治療にも何でも協力する！」

「だァから。交換条件なんて出せる立場かって言ってん、だ！」

道端の石にそうするように、一切の躊躇《ちゅうちょ》なく。

椿はプロデューサーの頭を思い切り踏みつけた。

「……っ!?　ちょ、ちょっと……!?」

「お、お母さんっ!?」

あまりの事態に、戸惑いながらも止めようとする二人の声を無視し、椿は続けた。

「お前、自分の言ってる意味わかってるか？　虫が良すぎるんだよ、人の娘を壊しておいて、自分の娘だけは助けたいだなんて！」

「え………っ」

どうしてこの人が、それを。

「どうして知ってるの……って顔だな、天地《あまどころ》、愛夢《あめ》」

愛夢。

何年ぶりかに呼ばれたその名前は。父にすら呼ばれなくなって久しいその名前は。

とっくに自分のものではなくなっていた気がした。

「アイドルの個人情報は基本的に秘匿される。だが『レイン』について調べて、一目見てすぐにわかった。こいつそっくりの憎たらしい目でな。最初は信じられなかったぞ。人ん家《ち》の娘を星眩《ほしくら》みにして壊したから、今度は自分の娘を無敵のお人形にしようだなんて」

レインを憎々しげに睨《にら》みながら、踏みつける足にも力と体重を込めていく。

「や、やめて……」

「で、今度は実の娘まで星眩みになりそうだからって、事もあろうに私に泣きついてきてんだぞ。最初にぶっ壊した一花《いちか》の母親である私に。……どういう神経してんだよ」

「やめてっ……」

縋《すが》りついてきたレインを椿《つばき》は鬱陶しげに振り払い、椿はプロデューサーの頭を勢いよく蹴り飛ばした。壁に手をついてよろよろと立ち上がった彼の額には、血が滲《にじ》んでいた。

「……私が言ったの、お父さんに……私をアイドルにしてほしいって」

遠い記憶から零《こぼ》れ落《お》ちた言葉が、そのまま口をついて出る。「愛夢」という名前の響きを引き金に呼び起こされた、最後に名前を呼んでもらった日の記憶。

――私なら、絶対壊れないお人形になれるよ。


そうだ、思い出した。

あの頃のお父さんは、ずっと一人で泣いてた。ずっと苦しそうな顔をしてた。

お父さんの元を去っていったアイドルたちが、お父さんを苦しめてるんだって思った。

私がアイドルになるって言えば、もうそんな顔させずに済むって、そう思った。

だから私は、お人形《アイドル》になった。

その日から私は、『愛夢』じゃなくて『レイン』になったんだ。

「……はっ。はははははっ。それはそれは、親子揃《そろ》って、救えないな……！」

これまでずっと怒りや憎しみばかり振りかざしていた椿が初めて、乾いた声で嗤《わら》った。

「なあ天地《あまどころ》。名前は祈りだとか言ってたな。『愛夢ちゃん』の名前にはどんな大層な祈りを込めてやったんだ？　愛も夢も何もかも、雨の日にドブに捨ててこいって祈りか！」

ぐったりと壁にもたれかかるプロデューサーは、何も答えない。答えられない。

レインは彼女の言う通り、愛も夢もとっくに捨ててしまっていたから。

「ははは……いいだろう、教えてやるよ。お前の知りたがっていた秘密とやらを」

椿《つばき》の視線が一瞬だけ、ずっと事態が飲み込めずに困惑しているハナの方を向いた。

ふぅ、と小さくひとつ嘆息してから、今までで一番冷たい声で椿は告げた。

「橋の国だけが知る星眩《ほしくら》みの治療法。……そんなものは存在しない」

手繰ろうとした糸を、完全に切り落とす言葉を。

「……どういう……ことだ。なら何故《なぜ》、君は一花《いちか》を……」

「大切な娘を、橋の国の治療院なんぞに預けるわけがないだろう。連中は高額な治療費を巻き上げながらその実、星眩みの治療なんてしていないんだから」

「……そん、な……はず」

「事実だ。橋の国にとっては、星眩みを治療するメリットなんてないからな」

衝撃に言葉を失うプロデューサーに、椿は構わず「秘密」を話し続ける。

「星眩みってのは言うなれば『心が石化する病』だ。共心石《シンパシウム》の光と負の感情の反応で発症し、まず感情の変化が乏しくなり、症状が進めば記憶も薄れていく。近しい人の顔や名前も思い出せなくなり、やがては声の出し方、身体《からだ》の動かし方さえ忘れていく。……普通の人間はここまでしか知らない。何も考えずに治療院送りにするからな」

レインも、プロデューサーに聞いたのはそこまでだった。

星眩みに罹《かか》った者がやがてどうなるかは、彼にもわからないと。

「私はこの五年間、一花の星眩みを治すために必死で情報をかき集めた。お前が毎月律義に送ってくるお詫びのお陰で、金には困らなかったしな。橋の国に頻繁に出入りする者や、私と同じように家族を治療院送りにしなかった者、あるいはできなかった者。あらゆる伝《つ》手《て》から知識と情報を集め、その先の真実に辿《たど》り着《つ》いた」

そこまで話してから、椿はおもむろに屈《かが》みこみ、地面の砂をつまみ取って、サラサラと風に流していく。

指先に残った砂をふっと吹いて、冷たく言い放った。

「星眩みが最終段階まで進行すると、その肉体も石化する」

何を言われたのか理解できずに沈黙し硬直する二人に、椿は静かに問いかける。

「……アイドルなら。人の形をした共心石を見た覚えがあるんじゃないか？」

僅かに上がった彼女の口角に、レインは確かに背筋が凍るのを感じた。

「……まさか」

見た覚えがある、どころの話ではなかった。

レインはこれまで何度も、何度も、何度も。

その共心石が煌々《こうこう》と放つ、青い光を浴びてきていた。

ステージを取り囲む、あの無数の光を。

「そういうことだ。星眩《ほしくら》み患者は最終的に、人の形を残したまま共心石《シンパシウム》の像に変わる。感情を持つかのようにアイドルの歌に反応して光り、勝敗を下すあの石像に」

椿《つばき》以外の全員が、衝撃に言葉を失っていた。

「橋の国は星眩みになった『廃品アイドル』を治療する名目で各国から回収し、完全に石化するまで放置するだけ。そうすれば、戦舞台《ウオーステージ》の備品として再利用《リサイクル》できるからな。治療にメリットがないというのはそういう意味だ」

知らず知らず、唇が震えていた。

アイドルの、戦舞台の、おぞましい真実に。レインは恐怖していた。

「……まるで他人事《ひとごと》みたいな顔してるな、最強アイドル」

椿の静かな憎しみが、レインに向けられる。

「お前、今までどれだけのアイドルに勝ってきた？　倒しても倒しても何も感じない最強の兵器として、一体何人の相手をステージの上で絶望させてきたんだ？」

「…………、ぁ」

声にならない吐息が漏れる。

どうして星眩みの話を聞いた時点で気づかなかったんだろう。

どうして自分だけが星眩みになりかけているなんて思っていたんだろう。

今まで感情を捨てたつもりになって負かしてきたアイドルたちの、一体何人が。

――「最強には勝てない」と絶望して、星眩みになったの？

「わ……私、が……!?」

「そうだよ、お前だ。お前が壊した。今まで何人も、何人も、何人も。……言っておくが、敵国だけの話じゃないぞ」

「よ、せ……椿」

必死で止めようとするプロデューサーを無視し、椿はレインに詰め寄った。

「お前が感情の無いお人形として連戦連勝の快進撃を続けたせいで、それが最適解だと国中の馬鹿共が勘違いしたんだ。自分のアイドルが星眩みに罹《かか》って感情を失い始めても、無視してそのまま使い潰すことで、レインのように余計な感情を削《そ》ぎ落《お》とし洗練された兵器《アイドル》が出来上がると」

「……っ、そん、な……っ」

「当然、そう簡単に最強なんて作り出せるわけがない。結局そいつらも軒並み強いアイドルにはなれずに、そのまま治療院に送られて、仲良く全員共心石になった。勝てないからって理由で、一花《いちか》と同じようにあっさり捨てられたわけだ」

「……あ…………っ」

思い出す。思い出そうとする。これまで出会ってきたアイドルたちの顔を、名前を。

なのに、一人も。ただの一人も。

「……なあ、そいつら、どんな気持ちなんだろうな？　舞台の周りに整然と並べられて、お前のライブ眺めながら、一体どんな気持ちで青色に光ってるんだろうな？　……ああ、何も感じないか。だって全員、感情失《な》くしてるもんな」

何もかもを切り刻むような憎しみの切っ先が、レインの心を抉《えぐ》り続ける。

「さぞ楽しかったろうな。自分より弱いアイドルを、石コロみたいに蹴飛ばすのは」

「やめろ、椿《つばき》……！　それ、以上……！」

「……何を甘ったれたこと言ってんだ？　お前の仕事だろ、プロデューサー殿。ハッキリ言ってやれよ。自国も敵国もお構いなしに、お前の歌はアイドルを壊すんだって。お前がアイドルになりたいなんて言ったせいで、お前のせいで、一花《いちか》のような被害者が生まれ続けるんだって、そう言ってやれよ！」

プロデューサーが、椿の胸倉を掴《つか》み上《あ》げる。

彼の目に浮かぶのは、怒りとも憎しみとも悲しみとも呼べない、黒く濁って正体のわからない感情。それを見た椿が、心底蔑んだような口調で吐き捨てた。

「そこで真っ先に私の方に向かってくるから、お前は父親失格なんだよ」

「……っ！」

レインの方を振《ふ》り返《かえ》るが、もう既に遅かった。

彼女の顔は青ざめ、吐息は震え、瞳には深い深い絶望が渦巻いていた。

「……私の、せいで………っ」

ハナのおかげで、やっと鼓動を始めたはずのレインの心。

僅かながらに取り戻し始めていた心が、どす黒い罪悪感に染め上げられていく。

アイドルは、ステージに立って戦うのが当たり前で。

望まれたように歌って、踊って、戦って、勝つのが当たり前で。

それがアイドルの全てだなんて大義を、高らかに掲げて。

ずっと一人で踊っていたつもりのステップで、一体何人の心を踏み砕いてきたの？

一体どれだけのアイドルが、私のせいで星に眩《くら》んで、心も身体《からだ》も石になって。

あの暗闇から、私を見つめていたの？

ざあ、と。喝采に似た耳鳴りが、誰かの責め立てる声が、心の奥に降り注ぐ。

「レ……レインちゃんっ！」

豪雨に晒《さら》されたように凍え切った手が、柔らかい温《ぬく》もりにそっと包まれる。

驟雨《しゅうう》のように耳の奥で鳴り止《や》まない声なき声をかき分けて、優しい音が届く。

「そんな辛《つら》そうな顔、しないでくださいっ。レインちゃんは何も悪くありません」

そこには、レインに心を教えてくれた、眩《まぶ》しい笑顔が。

あの花園で、夢を語ってくれた時と同じ笑顔が、咲いていた。

「…………………っ、あ」

そっと優しく包み込んでくれるハナの手のひらの温《ぬく》もりに。

自分のおぞましい冷たさが伝わってしまう気がして、反射的に振りほどいた。

「……大丈夫ですから、レインちゃん」

そんな乱暴な事をされても、ハナはまだ笑顔を崩さないままで。

「あ…………、ぁぁ…………」

——たくさんのアイドルが笑顔でステージに立てる世界を。

——最高のアイドルになって、みんなと笑顔を分かち合うような、最高のライブを。

そんなハナの夢に共感しておきながら。叶《かな》うといいなんて言いながら。

その夢が実現した未来で、笑顔でステージに立つはずだったアイドルたちを、
私はこれまで、何人壊してきた？

そして一体、その中の何人の名前を思い出せる？

「ごめんなさい」

砂粒のように、小さく嗄《か》れ果てた声。

それが自分の喉の奥から聞こえた声だと気づく前に、レインは走り出していた。

「あ……っ、レインちゃんっ!!」

はやく。はやく。誰の声も届かなくなるまで。

どこかずっと、遠くへ。

◇

レインの心の奥の奥には、大きくて真っ黒な雨雲があった。
かつてレインが『レイン』になるために作った、最初は白くて小さかった雲。
そこには要らないものを次々捨てていく。
最初に、愛と夢を捨てた。『天地愛夢《あまどころあめ》』が、『レイン』になった。
思うように踊れなくて悔しい気持ちを捨てたら、身体《からだ》が軽くなった。
上手に歌えなくて挫《くじ》けそうな気持ちを捨てたら、声が遠くへ届いた。
苦しくて弱音を吐きそうになっても、全部そこに捨てればいい。
雲の中に隠したら、何も見えなくなる。
感情も、知識も、記憶も。邪魔なものは全部捨てればいい。
混ざり合って、黒く濁って、雨雲が分厚くなればなるほど、雨《わたし》は強くなる。
歌詞に込められた言葉や感情。余計な重りだ、捨ててしまおう。
やがて忘れるアイドルの名前。余計な重りだ、捨ててしまおう。
お父さんを助け支えたい想《おも》い。余計な重りだ、捨ててしまおう。
熱を捨てれば、もっと冷静に。

色を捨てれば、もっと透明に。

枷《かせ》を捨てれば、もっと自由に。

重たいもの全部、何もかも雨雲の中に置いていって。身軽な雨粒になって、空を飛ぶ。

けど、一度飛び出してしまったら、一度降り注いでしまったら。

もう二度と、雨雲に手は届かない。

絶対に捨てちゃいけない大切なものがあったと今更気づいても。

雨は空を遡れない。雲の中まで取りに戻ることなんてできない。

濁った水溜《みずた》まりから見上げたところで、もう遅い。


レインがしてきたことは全て、もうとっくに、取り返しがつかない。


「っ、はっ、はっ……！」

大した距離も走っていないのに、どんどん息が乱れる。

「あぁ……っ、あああぁぁ…………!!」

誰かの嗄《か》れた叫びが。雨音によく似た雑音が。耳鳴りが、ずっと止《や》まない。

大雨のような涙に視界が濡《ぬ》れて滲《にじ》んで、足元すらよく見えない。

冷雨に打たれて凍えたように、今にも一歩も動けなくなりそうなほど胸の奥が寒い。

もっと遠くまで。胸を埋め尽くす後悔と絶望と罪悪感を、感じなくなれる場所まで。

この砂漠には共心石《シンパシウム》が溢《あふ》れている。ここで絶望してしまえば、きっと心まで石になれる。

そんな逃げ方を思いつくような醜い自分ごと、消えてなくなってしまえたら。


「待ってくださいっ!!」


誰もいないはずの砂漠に、響き渡った声。

「……なんで………！」

レインを追って砂漠を走ってきた、ハナの声。

「やめて。ついて来ないで……！」

振《ふ》り返《かえ》らずに突き放しても、花の香りは去ってくれない。

「泣き顔っ。わたしに見られるの、恥ずかしいからですか！」

「違う……っ」

違う。泣いている自分すら許せない。

これまで何人ものアイドルから感情を奪っておいて、心を壊しておいて。

自分だけがのうのうと嘆いて涙を流すだなんて、そんなこと許されない。

……そうだ、許されない。

これまで壊してきたアイドルたちも、きっと私を許したりしない。

「一緒に帰りましょう、レインちゃん。わたし、歌もダンスも、まだまだ教えてもらうことたくさんあります！　顔を見られたくないなら、向こう向いてますから……っ」

「無理だよ、もう、そんなの」

へたりこんで膝をついた砂の地面さえ、氷のように冷たく感じた。

「私、もう何も、歌えない……」

――お前の歌はアイドルを壊す。

最初は、お父さんに苦しい顔をさせないために。やがては、砂の国の人たちの恵みの雨となるために。レインはずっと歌い続けてきた。いつしかそんな気持ちも忘れて、心の無いお人形が完成してからも、ずっと。

けれど、そんな自分の歌が、別の誰かを壊すのなら。

「もう、何のために歌えばいいのかも……わからない……」

「……レイン、ちゃん」

「『レイン』なんて名前も。砂漠に降る恵みの雨なんかじゃない……全部壊して、流し去るだけの、災害……そんな雨なんて、もうどこにも降らなくていい……っ」

ハナが夢見た世界には。あたたかな光がステージを照らし続ける世界には。

雨なんて存在は、必要ない。

「それなら、わたしのために歌ってくれませんか」

　何を、言っているの。

「わたしのために、わたしと一緒に歌ってください」

　どうして、そんな優しい声で。

「……『One day in Bloom《ワン・デイ・イン・ブルーム》』」

　やめて。歌わないで。

　あの『熱』を、鼓動を、高鳴りを、思い出してしまう。

　楽しかったなんて、また歌いたいなんて、絶対に思っちゃいけないのに。

　レインの願いに反して、ハナは歌い始める。

　初めて出会ったリハーサルの日と同じように。

　背中越しでもはっきりわかるような笑顔で。

　暗雲の彼方《かなた》のレインにまで、歌声と笑顔が届くように。

「……ハナ……」

　心を殺して戦に臨む人形《アイドル》たちとは違う。

　心を歌って、叫んで、届けようとする、世界でたった一人の人間《アイドル》。

ハナ。彼女こそが、本物の『アイドル』なんだ。
（…………ああ、そうだ。あの日、私）
ハナの歌を初めて聴いた時。
心の底、雨雲の中で煌《きら》めいた最初の想《おも》いは。
あの子みたいに、笑顔で歌いたいって想いだった。
（…………歌い、たい）
何もかも捨てるように詰め込んで、心の全部を覆った黒雲の中。
こんなにも強く「歌いたい」と想う心が、再び鼓動を始めた。
……気がつけばレインは、ハナと一緒に。
同じ歌を、『One day in Bloom《ワン・デイ・イン・ブルーム》』を歌っていた。
ずっと前から知っていたような詞《ことば》たちを、声に乗せて。
ハナの呼吸に、重ね合わせる。
レインの足元の地面、乾いた砂の上に、ぽつりと雫《しずく》が落ちた。
（涙……？　ううん、違う……これ、雨だ……）
想像の中の雨じゃない、現実の雨粒が、ひとつ、ふたつと、次々に降り注いで。

あっという間に世界が潤っていく。

濁った気持ちが洗い流されていく。

空っぽだった心が満たされていく。

雫が落ちた地面から、芽が出て、花が咲いた。

次第に広がりゆく雨を追いかけるように、ひとつ、ふたつと花開いていく。

重なり合った二人の歌声が、砂漠に雨を降らし、花を咲かせて。

二人のステージはあっという間に、小さな花園になった。


「……夢でも、見ているのか、私は……」

遅れて二人に追いついたプロデューサーは、眼前の幻想的な光景に唖然《あぜん》とした。

ついさっきまで砂漠だったはずの場所には、一面の花が咲き誇り、空からは数年来の雨が降り注いでいた。彼の知る限り、自然に起こりうる現象ではない。

「まさか、二人の歌がこれを……？」

背を向けながらも声を、心を重ね合うような二人の歌が起こした現象だったかのように。

レインが歌い終えた瞬間、雨もピタリと止《や》んだ。

信心に疎い彼も、今だけは思わずその単語を呟《つぶや》かずにはいられなかった。

「……奇跡……」

◇

「ありがとうございます。レインちゃん」

「……っ何で、ハナの方が言うの……！」

雨に濡《ぬ》れた顔を見せられないまま、背後のハナに叫ぶ。

「だって、レインちゃんが歌いたいって思ってくれなかったら、わたしにはそれ以上、何もしてあげられなかったので。だから歌ってくれてありがとうの、ありがとうです」

本当は、歌っちゃいけなかった。『レイン』の歌はアイドルを壊すから。

それなのに、溢《あふ》れ出《だ》す想《おも》いを、叫びを、歌声を。止めることができなかった。

「平気ですっ。ほら、わたし壊れてなんかいませんっ。レインちゃんの歌は、こんなにも優しい雨。きっとお花も喜びます」

二人を囲むように咲いた色彩豊かな花びらの上で、雨粒がはじけてキラキラと光る。

「わたし、最初からずっと聴こえてましたよ、レインちゃんのキラキラ。歌が、ダンスが、アイドルが誰より大好きって気持ちも。誰より輝くアイドルになりたいって気持ちも」

それはもうずっと前、一番最初に捨てたはずの愛と夢。

レイン自身はずっと忘れていた、ハナの瞳にだけ映っていた、雲間の光。

「……でも、それはもう」

手を伸ばしても絶対に届かない場所にあって。

「大丈夫っ」

そっと、背中に触れるぬくもり。

凍えかけていたレインの心を、温めてくれるようなハナの体温。

顔のすぐ隣で、花園の香りと一緒に、柔らかい声が届く。

「雨雲の中に忘れ物をしちゃったなら……虹を渡って、拾いに行けばいいんです」

光差すような、希望をくれるような、全て赦《ゆる》して微笑《ほほえ》むような、優しい言葉に。

レインの頬《ほお》を、またひとつ雫《しずく》が伝う。

「泣かないでいいんです、レインちゃん」

「……ごめん、なさい……っ」

「謝らなくてもいいんです。レインちゃんは何も悪いことなんかしてません」

「でもっ……私みたいなアイドルがいるせいで、一花《いちか》さんも、みんなも……っ」

「いいえ。間違ってるのは、世界の方です」

夢を語ったいつかのような、自信と信念に満ち溢れた強い声で、ハナは言った。

「勝ち負けを競って、どっちかが苦しまなきゃいけないのも。レインちゃんやお姉ちゃんが、楽しい気持ちを忘れなくちゃいけなかったのも。アイドルのみんなが笑顔で歌えないのも、全部。アイドルに優しくない今の世界のせいなんです。……だから」

そっと立ち上がり、レインの真正面に立って。

「わたしと一緒に、この世界を壊しましょう」

眩《まばゆ》いばかりの笑顔で、ハナは手を差し伸べた。

「…………っ、ハナ。私っ……」

溢《あふ》れてくる涙と嗚咽《おえつ》に止められそうになった言葉を、それでも必死に紡ぎ出す。

「私っ、歌いたい……！」

歌いたい。本当は大好きだった歌を。

今までずっと『レイン』を支えて、繋《つな》ぎ止《と》めていてくれた、家族みたいに大切な歌を。

ハナがそうしてくれたみたいに、絶望に眩《くら》みかけた誰かを救い、癒《いや》すような歌を。

アイドルを壊すんじゃなくて、世界を壊すための歌を、歌いたい。

「はいっ。歌いましょう、二人で。一緒のステージで」

ハナの温かい手に、レインはそっと手を重ねる。

「……ねえ、私、今からでも『アイドル』になれるかな」

心を失《な》くしたお人形じゃなくて、笑顔でステージに立つ本当のアイドルに。

「一花《いちか》さんを、みんなを救えるようなアイドルに、なれるかな」

「なれますっ、わたしとレインちゃんなら！　わたしたち二人で、みんなに愛される最高のアイドルになって！　一緒に最高のライブをお姉ちゃんたちに見せましょうっ！」

夢物語だと、レインは思った。

今のレインには何よりも温かい、夢。

夢なら……叶《かな》えなくちゃ。

もう二度と捨ててしまわないように、手のひらにぎゅっと握りしめる。

「……ありがとう、ハナ」

ここに鏡は無いけれど、今なら私の顔も、きっと。

「……！　えへへっ」

――雨雲の中に忘れ物をしたなら、虹を渡って拾いに行けばいい。

（……綺麗《きれい》。ハナの瞳……）

砂漠に咲き誇る花の色を映して、七色に輝くハナの瞳。

その輝きこそが、レインには虹に見えた。

◇

二人の様子を離れて見ていたプロデューサーは、いつの間にか近くまで来ていた椿《つばき》が何やら手帳《てちょう》に書き記しながら小さく笑みを浮かべているのに気づいた。

「……椿。この現象は、一体……」

「共心石《シンパシウム》だ」

先程までとは打って変わってどこか上機嫌そうな声で、椿は続けた。

「砂の中には、隕石の塵《ちり》が……微小な共心石が無数に存在している。それが、さっきの歌に込められた強い感情に反応し、爆発的なエネルギーを生んだ。天候や生態系……環境にまで影響を与えるほどに巨大な、隕石《ほし》そのものに匹敵するエネルギーを」

通常であれば、共心石は感情に呼応して光を放つ程度。発生するエネルギーも決して大きいものではない。心動二輪《エモーターバイク》のように出力を強化した製品であっても、人間を乗せた鉄の塊を転がすくらいが関の山だ。

何故《なぜ》ならそれらは所詮、一人分の感情に過ぎないから。

歌という形で完璧に重なり合った二人分の感情は、たった今、比較にならないような莫《ばく》大《だい》なエネルギーを生み出した。

「なあ、天地大志《あまどころたいし》。さっきお前、一花《いちか》の治療に何でも協力すると言ったよな」

「……ああ」

椿の方を向き直ることなく答える。その返答に、偽りはない。

「あいつらが一緒に歌うことが、一花の治療につながると言ったら……お前は娘を私に預けられるか？」

謎めいた問いかけだった。

椿はレインを、いやアイドルという存在そのものを強く憎悪している。そんな彼女にレインを預けて大丈夫なのか。

しかし本当に一花の星眩《ほしくら》みを治療できるというならそれは、今まで星眩みの犠牲になってきたアイドルたちを、そしてレイン自身を救うことにもなる。

……いや、そもそも。

「……それは俺が決めていいことじゃない。レインとハナ、二人の希望次第だ」

娘は親の所有物ではないし、今さら父親面できるほど彼女に何か与えてこられたわけでもない。ずっと、奪い続けてばかりだった。

「そうか。お前が余計な邪魔しないんなら、ほとんど交渉成立だな。ほら、見てみろ」

椿の指差す先で、レインがハナの助けを借りて立ち上がり、二人手をつないでこちらへ歩き出している。

「……あいつ、きっともう一人じゃ歩けなくなってるぞ」

嘲るような椿の言葉はともかくとして。

今のレインには間違いなくハナが必要だというのは、プロデューサーも同意見だった。

「……君は、星眩《ほしくら》みの治療法なんてものは無いと言っていたが……」

「あ？　…………ああ」

「レインは確かに、星眩みに陥り始めていた。だがハナと出会い、語らい、共に歌うにつれて、明らかに回復し、今やああして感情を顕《あら》わにしている。彼女の歌や笑顔には、人を癒《いや》すような、喜びを分け与えるような……そういう不思議な力があるように思える」

「メルヘンかよ。気持ち悪い」

「だから一花《いちか》も五年もの間、完全に石にまではなっていないんじゃないのか。毎日、ハナの歌を聴いているから」

一花の名前を気安く吐いたことに苛立《いらだ》ちつつ、椿《つばき》は無言でプロデューサーを睨《にら》む。

「だから、レインがハナと一緒に歌いたいというなら。……星眩みの危険に晒《さら》されながら、それでもステージに立ちたいというなら……俺は止めない」

「そうか。後で文句言うなよ」

「二言はない。約束する」

その言葉にほんの少しだけ口角を上げ、こちらへ向かってくるレインとハナの姿を冷めた目で一瞥《いちべつ》してから、椿は低い声で告げた。

「……プロデューサー殿。ユ、ニ、ッ、トって、聞いたことあるか？」

早幸のマネージャー研修メモ・専門編

※アイドルは閲覧厳禁です。
拾ってくれた人は、何も見なかったことにして私にメモ帳を返しにきてください。

共心石　シンパシウム

隕石片から発見された新資源です。
……といっても、もう発見されて五十年以上は経ってるそうなので、
新しいとは呼べないかも？
様々な色に光り輝く共心石結晶は「人間の感情からエネルギーを生み出す」という
性質を持ち、これを利用した革新的なエネルギー技術によって
隕石災害の復興は飛躍的に進んだと言われています。
現代においても、共心石で動く機械や装置は人々の生活に密接し、
切り離せないものとなっています。
感情を元にしたエネルギーって、一見無尽蔵な気もしますが……
実際はそんな便利なものじゃありません。
ひとつの共心石結晶から生み出せるエネルギーには限界があって、
寿命を迎えた結晶からは光が消え、ただの石になってしまいます。

……そして、それだけじゃない。
人間の感情の方もまた、無尽蔵ではないということです。

星眩み

共心石技術の発展後、各地で確認されるようになった病です。
一言で言えば「心を失くす病」。
採掘作業員のように共心石の放つ光を長く浴びた人、
恐怖や絶望といった負の感情を共心石に反応させてしまった人に発症しやすく、
まるで心そのものが石になるかのように感情や記憶を失っていく恐ろしい病です。
明確な治療法は一般に公表されていません。
発症が確認された場合は『橘の国』が運営する治療院に
受け入れてもらうことになります。
……もしあなたの担当するアイドルが、
ある日突然心を失くしてしまったように思えたら、すぐに事務所に報告してください。
誰よりも共心石の光を浴びるのも、ステージの上で恐怖と絶望に呑まれるのも……
いつだって彼女たちアイドルですから。

どうかこのメモを最後まで読んでしまったあなたが、
アイドルではありませんように。

第四章　戦場に虹は歌い

「……ここでも、ない……っ！」

大切なことを思い出して帰ってきたレインは、事務所中を駆け回っていた。

あれから、ハナと、椿と、プロデューサーと、たくさん大事な話をして。

事務所に帰ってきた頃には、すっかり夜になっていた。

彼女も、もうとっくに帰ってしまっているかもしれない。

「……帰るって、どこに……？」

知らなかった。知ろうともしていなかった。

この事務所で働く彼女が、どこに住んでいて、どう通勤して、夜どこに帰るのか。

「寮も……どの部屋にも明かりが点《つ》いてなかった」

どこが空室で、どれが誰の部屋かなんて、レインは知らなかった。それどころか、自分の部屋以外踏み込んだこともなかった。

寮に自分以外の誰が住んでいるのかなんて、興味が無かった。

何人のアイドルが新たに訪れても、何人のアイドルが去って行っても。

レインはずっと、彼女たちの名前ひとつ覚えようとしてこなかった。

全部、全部、謝らないと。もう遅いのかもしれないけど。

せめて、思い出せたことだけでも伝えないといけない。

「……っ、あ」

ただひとつだけ、心当たりが浮かぶ。

シャッターが閉じていたら、外からは明かりの見えない場所。

一度だけ案内された記憶を、二度と離さないように手繰り。

彼女しか使うことのないその場所に、レインは駆け入った。


「……あれ？　レインちゃん？」

薄暗くて少し埃《ほこり》っぽいガレージの中、大切にしているバイクの隣。

小さな明かりが、彼女の驚いた顔を照らしていた。

「……早幸《さち》、さん」

「おかえりなさい。こんな遅くまで、お疲れ様で……、えっ？」

歩み寄った早幸が、すぐにレインの異変に気づく。

砂漠を数時間走っても呼吸ひとつ乱さず、けろりとしていたようなレインが。どんなに
激しいダンスの後でもクールで無表情だったはずのレインが。

今にも溺れてしまいそうなくらい、息苦しそうな顔をしていたことに。

「……ごめん、なさい……っ」

「え、え。ど、どうしたんですか、レインちゃん!?」

わたわたと困惑しながら覗《のぞ》き込《こ》む早幸《さち》に、レインは「その名前」で呼び掛けた。

「クローバー、なんでしょ……早幸さんが……っ」

「…………っ」

その一言で全てを察した早幸は、いつかと同じように弱々しく微笑《ほほえ》んだ。

「……無理に思い出さなくてもいいって、言ったじゃないですか」

「っ、違うよ……！　思い出さなきゃいけなかったのに……私は、忘れちゃいけなかったのに……！　なのに私、クローバーに、早幸さんに、ひどいことっ……！」

それは今にも泣き出しそうなくらい悲痛な声。

でも必死に涙をこらえているような声。

涙を流すことすらおこがましい……そんな感覚には、早幸も覚えがあった。

「……ねえ、レインちゃん」

だから、彼女の呼吸《いき》が少しでも楽になるように。

「ちょっとだけ、お出かけしましょうか？」

風に、手伝ってもらうことにした。

◇

「どうです、レインちゃん！　気持ちいいでしょ、夜風！」

後部座席に聞こえるように、少し大きな声で呼び掛ける。

「…………」

返事は無くとも、呼び掛け続ける。

「嫌な事があったり、モヤモヤした時。こうして思いっきり走って夜風を浴びると、そういう気持ち吹き飛ばせて、ほんの少しだけ楽になるんですよ！」

やはり返事はない。

ほんの少しだけでも、楽になんてなったらいけないと思っているからなのだろう。

「ほら、ちゃんと掴《つか》まっててください！　落っことしちゃいますよ！」

早幸のお腹《なか》に回した手にも、レインはあまり力をこめていなかった。変なところで無意識に遠慮してしまっているらしい。

きっとレインは、自分が一番自分を許せないのだろう。

その気持ちも、早幸はよく知っていた。

「……ああ、よかった、見つけた。着きましたよ、レインちゃん」

ずっと俯《うつむ》いて景色を全く見ていなかったレインは、バイクが停止した事にも今気づいたかのようにハッと顔を上げた。

一見、何もない砂漠が広がっているだけの場所。

子供ひとりが寝転がれる程度の地面に、青々とした草が生えていた。

「これって……」

ひび割れた土の隙間から這《は》い出《で》るように伸びている、三つ葉が特徴的な草。

「……クローバー……？」

「昨日、あの花園に行った後に思い出したんです。もう随分前ですけど、お兄ちゃんにここへ連れてきてもらったのを。勘で探してみましたけど、意外と覚えてるものですね」

バイクを降り、緑の絨毯《じゅうたん》の脇に腰を下ろした早幸《さち》が、レインに隣に座るよう手招きする。

早幸の意図が読めず戸惑いながらも、レインは招待に応じた。

「クローバーって、案外強い雑草で。こんな場所にも平気で生えるんですって。けど、よく言われる幸せのシンボル……四つ葉のクローバーになるには、人や動物が踏んだりしないとなかなか難しいらしくて。ここにはひとつも無いみたいですね」

月明かりしかない、誰も訪れないような静かで寂しい場所で、誰にも見られずに懸命に伸びる草を、早幸は愛《いと》おしそうにそっと撫《な》でた。

「この場所の事は昨日まで忘れちゃってましたけど、別に私、お兄ちゃんに謝るほどの事じゃないって思ってます。だって、ちゃんとこうして思い出せましたから」

「……っ！」

それを伝えるためだけに、ここまで連れてきてくれたんだろうか。

「違うの！　私は、要らないって思って忘れた！　……クローバーとの思い出、自分から捨てたんだよ……！　そんなの、早幸さんとは全然違うよ……！」

「でもほら、思い出してくれたじゃないですか」

「それは……っ」

それはきっと、ハナのおかげで。本当に奇跡みたいなことで。

レイン自身が反省したり後悔したり改心したとか、そういう理由じゃない。

クローバーの記憶を、かつてレインは確かに望んで全部雨雲に放り捨ててきた。

「……ごめんなさい……」

謝ったって、簡単に許されていいことじゃないはずなのに。

謝るしかできない自分が、どうしようもなく嫌になる。

「レインちゃんがそんなに謝るなら、私もひとつ、謝ろうかな」

「え……？」

何のことだろう。彼女に謝られるようなことなんて、あるはずない。

「レインちゃんにリハーサルの話をした時。私、こう思ってたんですよ。新人アイドルなんて、レインちゃんにボッコボコにやられて諦めちゃえばいいって。アイドルなんかになったところで、どうせロクな未来は無いんだからって」

弱々しく微笑《ほほえ》んで、夜風に流せなかった黒い感情を吐露するように、早幸《さち》は語る。

「それに、レインちゃんのことも。どうしてプロデューサーに活動休止命令を出されたのか、察しておきながら……そこまでしてステージに立ちたいなら立てばいいって、ずっとアイドルを禁止されたままでいるより、ステージの上で果てた方がマシでしょって思いながら、リハーサルの話を持ち掛けたんです。……あの時、早幸さんはいい人だね、なんて言ってくれましたけど。私の方がずっと酷《ひど》い事してたって思いません？」

「そ、んな……そんなこと、思わない」

だって、そのおかげで、ハナにも会えた。

「それでも、ごめんなさい。……はい、これでおあいこです」

「……おあいこじゃない。こっちは、クローバーの分と、早幸さんの分があるもん……」

「もう。強情だなぁ」

並んで座る二人の意地の張り合いを、草の匂いと月明かりが笑う。

「だって、同じ事務所のアイドルなんだよ……？　クローバーは当たり前に私を覚えててくれたし……私もクローバーのこと、覚えてなきゃいけなかったのに……」

「……全部忘れないで覚えていようとするのも、それはそれで大変だと思いますよ。そんな事したがる人を一人知ってますけど……傍《はた》から見てると、とても重そうで、苦しそうで。捨てちゃえばいいのにって、何度も呆《あき》れながら見てました」

呆れながら、なんて言いつつ、その人を心から尊敬しているような優しい口調。

「でも、捨てなくてもいいんですよね。重くても、一緒に持ってあげる人が傍《そば》にいれば」

「一緒に……」

雨雲に捨てたくない思い出を、手の中の温かい気持ちを、一緒に持ってくれる人。

すぐに浮かんだ、彼女の笑顔。

「……そ、そういえば早幸さんは。星眩《ほしくら》みの事、いつから知ってたの？」

少し気恥ずかしくなって、レインは話題を変えてみた。

「クローバーに……アイドルになるよりも、前からですよ」

「えっ……!?」

返ってきた答えは、予想していなかったものだった。

つまり彼女は、共心石《シンパシウム》の光が星眩みを引き起こす事を知ったうえで、アイドルになったということなのだろうか。

「……かなり退屈な昔話になっちゃいますけど」

そう前置きして、早幸はゆっくりと話し始める。

「この近く、ほんの数分走った先に、私の生まれ故郷があるんです。……ううん、そうだった場所かな。もうあそこには立ち入ることも許されませんから」

「それって、番外区……？」

レインの問いに、早幸《さち》は「いいえ」と首を振る。

「一番鉱区街。……もう随分前に『鉄の国』の所有地になった場所です」

「……もしかして」

「戦舞台《ウォーステージ》の賭け代にされて、負けて全部奪われたってことです」

早幸の瞳に、夜とは違う闇が浮かんで見えた気がして、レインはほんの少し震えた。

「パパとママとお兄ちゃんと、私の四人家族。三人いたお友達に、お隣のおばさん。パパの仕事仲間のおじさんたち、もう乗れないからって高いバイクをお兄ちゃんに譲ってくれた優しいおじいさんも。その日全員まとめて、街を追い出されることが決まりました」

「な……っ、何で？　鉱区街が鉄の国のものになっただけなら、住んでる人たちも一緒に鉄の国の住民になるんじゃないの……？」

「……あはは。そんなわけないです。住民まで賭けてしまったら、それは人身取引なんですから。橋の国のモラルに反します。賭けられるのは人間以外だけ」

「でも、だってそれじゃ……！」

「そうですね、私たちが路頭に迷います。でもそんなの砂の国にとってはどうでもいい。鉱区を奪われたんだから労働力も必要ないし、ただでさえ領土が減ったのに人間だけいちいち助けてなんてくれない。それがこの国の、そして戦舞台の常識なんです」

受け止め切れない壮絶な事実に、レインは言葉を失う。

寮と事務所とレッスンルームとステージだけで生きてきたレインは、知らなかった。

自分たちアイドルが、それだけのものを賭けて戦っていたなんてこと。

「それでも私たちは、必死に生きようとしました。何キロも砂漠を旅して、小さな集落をいくつも転々としました。……最初にパパが何も言わずにいなくなりました。次にママが手紙を残して消えました。お兄ちゃんは私の食べ物を買うお金を稼ぐために国中を走り回って。色んな鉱区で、危険な共心石《シンパシウム》の採掘作業をしてくれていました」

故郷の事も、旅の事も、両親の事も、冷めた口調で淡々と話していたのに、兄の話をする時だけは早幸の口元が柔らかくなっていたのがレインにもわかった。

「……二人での暮らしに慣れ始めて、二年くらいした頃かな。いつも笑顔で出先のお土産話を楽しそうに話してくれていたお兄ちゃんから、ある日突然笑顔が消えて。信じられないくらい虚《うつ》ろな顔で、私に誰ですかって聞いたんです」

「…………っ！」

共心石の採掘作業……という言葉で、レインも気づいてしまった。

「最初は、悪ふざけでやってるんだって思いました。でも、すぐに違うってわかった。お兄ちゃんは、私が泣いちゃうような意地悪だけは絶対にしなかったから。……必死でたくさんたくさん調べて、知りました。人が共心石《シンパシウム》の光で、星眩《ほしくら》みっていう病気になる事」

早幸《さち》の兄は、星眩みに罹《かか》り。最愛の妹のことを、忘れたのだ。

「それから私は、お兄ちゃんの治療費を稼ぐために……一人でも生きていけるように、アイドルになりました。事務所に所属すれば寮に住めて、食事にも困らないし、戦舞台《ウォーステージ》に勝てればたくさん賞金も貰《もら》えると思って」

早幸の言葉を聞くレインの唇は震えていた。夜の寒さにではない。

「うそ……っ、早幸さん……嘘《うそ》だって、言って……」

「……嘘だったら、良かったなぁ、全部」

「……私……っ」

そんな思いをした彼女に。

——そんな雑草《もの》ですか、私。

「早幸さんにも、クローバーにも……誰だか思い出せないって、言った……っ！」

ダメ。涙なんて流したら。

そんなの絶対に許されないのに。

彼女より先に泣いていいわけがないのに。

「……っ。ごめ、……っ、ごめんなさいっ。ごめんなさい、早幸さん……っ！」

「だからそれは、おあいこって……ん、でも。確かに正直ちょっと……かなり、ショックではありました。同年代の子同士、それなりに仲良くやれてるって思ってたので……どっちかっていうと、自惚《うぬぼ》れてた自分が恥ずかしかったっていうか……」

頰《ほお》を赤らめて咳払《せきばら》いをしてから、「けど」と続ける。

「仕方ないんですよ。それが星眩みなんですから。お兄ちゃんだって私の事、忘れたくて忘れたわけじゃないんですから」

「違う、私は、っ……！　私は、たとえ星眩みじゃなかったとしても、平気で忘れようとしてた……！　平気で酷《ひど》い事たくさん……っ、ごめんなさい……ごめんなさいっ……！」

「……ごめんなさいは、もういいかな」

昨日、レインに言われた言葉を、早幸はそのままお返しして。

防砂コートの袖を裏返し、ゴワついた布地でレインの頰をそっと拭った。

「……っ泣いてない……泣いたら、ダメなのに……っ！」

「ううん、泣いてもいい。悲しかったら泣いていいし、嬉《うれ》しかったら笑っていい。レインちゃんは人間なんだから。……アイドルでも、人間なんだから」

泣いてもいい。レインが昨日彼女に言ったのとは真逆のその言葉は、早幸が……クローバーが、自分自身にそう言い聞かせているようでもあった。

「……私、アイドルがずっと大嫌いでした。故郷に住めなくなったのも、パパとママがいなくなったのも、お兄ちゃんが星眩《ほしくら》みになったのも。全部、戦舞台《ウォーステージ》に負けたアイドルのせいだって思ってたから。……でも、その大嫌いなアイドルになって、実際に戦って、やっとわかりました。アイドルは、私たちは、何も悪いことなんてしてない……」

「…………うん」

レインも早幸《さち》と同じ気持ちだった。

アイドルが悪いんじゃない。

かつての早幸を悲しませたのは、アイドルに優しくない、この世界。

「私の境遇は、決して幸せではなかったんだろうなとは思います。けど忘れないで、レインちゃん。私みたいな人は、きっとどこにでもいます。この世界のどこにでも存在する、雑草みたいにありふれた、不幸」

「……うん。アイドルが道具みたいに利用され続ける限り、絶対に無くならない」

アイドルは道具なんかじゃない。

戦争のための兵器なんかじゃない。

人の憎しみを一身に受ける人形なんかじゃない。

きっとステージの上で笑える、人間のはずだから。

「……クローバー」

早幸ではなく、アイドルとしての彼女の名前を呼んで。

立ち上がり、大きく息を吸って、吐いて。

「もう誰もアイドルが泣かなくて済むように、私が世界を壊すから」

まっすぐに見つめて、誓いを立てる。

「私と、ハナ。二人で、みんなが笑ってステージに立てる世界にするから」

「……はい」

夜空と同じ深い蒼《あお》色の瞳に、宿った確かな意思に応えるように、早幸は頷《うなず》いた。

その時は、きっと『クローバー』として。

一緒に笑ってステージに立とう。

砂上の小さなクローバー畑の前で、二人は指切りを交わす。

「ねえ、レインちゃん。約束ついでにもう一個」

さっきまでよりずっと柔らかい早幸の微笑《ほほえ》み。

「……私と、お友達になってください」

誰に頼まれるでもなく、呼吸をするみたいに自然に出てきたその言葉に。

「うん。喜んで」

レインの頬《ほお》も、自然と緩んでいた。

「……業務連絡だから、明日プロデューサーからも説明があると思うんだけど」

さっきよりも強くしっかりと早幸《さち》のお腹《なか》を抱きかかえる、帰り道の後部座席。

往路ではろくに見られなかった夜の砂漠の景色に感動しながら、レインは彼女に伝えたかったことを口にし始めた。

「私と、ハナ。二人で『ユニット』を組むことになったよ」

「ユニット、ですか……!?」

ステージ上で一緒に歌う仲間同士のアイドルのことを、ユニットと呼ぶらしい。

その言葉を知っていたのか驚いた声を上げた早幸に、レインはひとつずつ説明する。

ハナのおかげで、レインの感情が回復してきたこと。

ハナと二人で歌った歌で、雨が降って花が咲いたこと。

そのエネルギーが、一花《いちか》の星眩《ほしくら》みを治すヒントになるかもしれないこと。

今後も二人で歌い続けるため、「ユニット」を組めと椿《つばき》が提案したこと。

ハナもレインと一緒に歌いたくて、レインもハナと一緒に歌いたいこと。

二人で世界を壊すため、ユニットの結成を承諾したこと。

……ただ、治療院に送られた星眩み患者の末路だけは、話すことができなかった。

「はぁー、そんな不思議な事あるんですね……」

「……あんまり驚いてないね、早幸さん」

「それはだって、ほら。あの『花園』を見てますから」

椿の話によれば、あの花園がある番外区は元々ただの廃墟《はいきょ》だったらしい。

鉱区ではないぶん共心石《シンパシウム》が豊富に土壌に残っていた、研究にはうってつけの場所。

そこで一花を治すため共心石や星眩みの研究を進めるうち、ハナが心を込めて歌った歌が花を咲かせる現象に気がつき。それから長い長い時間をかけて、あの花園が出来上がった……と、そう話していた。

「お花や草木、鳥まで元気になれるようなハナちゃんの歌なら、確かにレインちゃんを元気にできたのもわかる気がします。こうしてしっかり感情豊かになって帰ってきたレインちゃんを見たら、もう信じるしかないです。凄《すご》いですね、ハナちゃんセラピー」

冗談っぽく言ったその言葉には少しだけ、もっと早くハナと出会えていたらという羨望めいた感傷が浮かんで聞こえた。

「……私は、本当に初期の初期症状だったから、どうにか戻れたのかもしれない。現に毎日ハナの歌を聴いているはずの一花さんも、まだ……」

「……そう、ですね。だからこそ、レインちゃんが元気になってくれて、嬉《うれ》しいです」

そう思えば本当に、奇跡のような、運命のような巡り合わせだった。

今はとにかく、ハナにひとつでも恩返しがしたい。

ハナがステージに立ちたいと望むなら、それが戦舞台《ウオーステージ》でも、隣で一緒に歌いたい。

「でも……そうですか。ユニットですか」

一転、渋い声で唸《うな》る早幸《さち》。

「ユニットなんて……本当に、大丈夫なんでしょうか」

彼女の懸念ももっともだ。

レインもプロデューサーから、同じ危惧の言葉を聞かされている。

ユニットは、勝てない。

それが戦舞台《ウォーステージ》に長年伝わってきたセオリーだ。

一人でのパフォーマンスと違い、二人以上で行うそれは完全に呼吸が揃《そろ》っていないと点を取るのが難しい。ミスと呼べるほどのものでない小さなズレでさえも、二人が並んでいると途端に目立ってしまう。

十二番鉱区街でハナと歌った『Twilight Flyer《トワイライト・フライヤー》』がいい例だ。ハナが以前に一人で歌ったのを「かっこいい歌」と言っていたのと同じ子が、レインと並べて観《み》ただけで、いとも簡単に綻びに気づき「全然べつべつだった」「ヘンな感じ」とまで口にしていた。

それらは一人分のミスよりも大きな減点要素となり、二人いれば単純計算ながら発生率も二倍に、三人いれば三倍になる。

レインが百点満点のパフォーマンスをするなら、隣のハナも同じく百点満点のパフォーマンスがこなせなければならない。

これだけ大きなリスクを負わねばならないのに、得られるリターンがほとんどない。

だからユニットは、もう数十年も前に完全に絶滅してしまった文化なのだという。

「それに、当人同士や事務所が良くても、砂の国がそんなの許すかどうか……」

砂の国のエース、最強アイドルのレインが、わざわざデビューしたての新人とユニットを組んでみすみす勝ち星を捨てるようなこと、国はきっと見逃さない。

「……そこは、プロデューサーが何とかしてくれるって言ってたから、信じる」

元々、彼には絶対の信頼を置いている。

「それに私、ハナと一緒なら絶対に誰にも負けない気がするから」

「う、うーん……レインちゃんがそう言うのなら、信じたい、ですけど……」

根拠のない自信を簡単に信じるわけにもいかず、心配そうに唸《うな》る早幸。

そんな早幸にレインは、本音を告げることができなかった。

隣に誰もいないステージ。光り輝く共心石《シンパシウム》、ひとりひとりが見つめる視線。

そんな光景を想像しただけで、たやすく絶望してしまいそうで。

きっと一人で戦舞台に立つことは、私にはもうできない……だなんて。

◇

あかい。

こんなにみあげても、まだおわりがみえない。

あかは、わたしのいろ。わたしたち、『てつのくに』のいろ。

せかいがぜんぶ、こんなにあかいなら。

きっとわたし、かてたんだね。

……あれ？

かてたって、だれに？

わたしって、だれだっけ？

まっくらでみえない。わたしが、どこにもみえない。

だめだよ、もっとあかるくしなきゃ。もっとあかるく、あかく、あかく。

むこうのあかは、まだくらい。もっともっと、ちかづかなきゃ。

ほら、もういっぽ、ちかくまで……。


「──ガーネット！」

赤い赤い夕陽《ゆうひ》の方へ、一歩。

踏み出そうとした少女の腕を、フレアは掴《つか》んで引き戻した。

「痛っ……！」

勢い余って、二人揃《そろ》って鉄の床に倒れ込む。

それからどれだけ待っても、ガーネットは自分から立ち上がろうとはしなかった。

「…………………」

「……あんなに、死にたくないって言ってたのに」

憤りに満ちた声も、虚《うつ》ろな目をした彼女の耳にはきっと届いていない。

眼前に広がる、夕陽に照らされた真っ赤な世界を、フレアは睨《にら》むように見下ろした。

鉄の国、『特別訓練場』。

地上五十階の巨大製鉄工場の屋上に位置するそこは、決して監獄ではない、ゆえに檻も、柵もない。過酷な訓練を「終わりたい」と願えば、ほんの一歩外へ踏み出すだけで簡単に「終わる」ことができる。

しかしガーネットは決して、自ら望んで踏み出そうとしていたわけではない。

憎悪の炎を宿した視線を、フレアは背後へと向ける。

特別訓練場の中心に聳《そび》え立《た》つ、鉄の国のシンボル。

『紅の太陽』と名づけられた巨大な共心石結晶が、夕陽よりも赤く輝いていた。

文字通り太陽のように、国中を真っ赤に照らすかのように。

煌々《こうこう》と、赫灼《かくしゃく》と、燦然《さんぜん》と。

「あーあ。今回もお嬢以外もたなかったっすねぇ」

屋上の鉄扉が重い音を立てて開き、訪れた女性が場違いに軽い声でそう言った。

「シズ……ッ！」

シズと呼ばれた彼女は、フレアを含む複数の『鉄の国』アイドルたちのマネージャーを務める、本名を賤ヶ岳閑《しずがたけしずか》というまだ若い女性。その担当アイドルには、彼女の目の前でぐったりと倒れているガーネットも含まれている。

「あんた、数も数えられなくなったわけ……!? 一週間の約束だったじゃない！　今日が何日目か、答えてみなさいよッ！」

「わわっ、もー。一日遅れちゃったくらいでそんなキレないでくださいよぉ。こっちだって色々忙しかったんすから……わざととかじゃないっすよ」

ふざけた態度で答えたシズの胸倉を掴《つか》み、フレアが怒りを顕《あら》わに吼《ほ》える。

「ガーネットは、昨日までちゃんと意識がしっかりしてたの……！　あんたが約束通り一週間で迎えに来てれば、この子だけでも助かってた！」

「へえ、そりゃ珍しいすね……でも、一日程度じゃ多分誤差っすよ誤差。気の毒すけど、結局次負けたらまたここに送られて、同じことになってたと思うっ、す！」

疲弊し痩せ衰えたガーネットの細い身体《からだ》を、シズが軽々と持ち上げ肩に担ぐ。

手応えのない返答に、フレアもこれ以上彼女に怒っても仕方ないと溜《た》め息《いき》をついた。

「……シルエットは向こうに寝かせてある。……二人を『橋の国』の治療院へお願い」

フレアの指差した方、反対側の屋上の角には、また一人。別の少女が倒れていた。

「卒業手続きっすね。りょうかーいっす」

「……それと、いつも通り私《フレア》の名義で支援金も送っておいて」

「はいはーい。宛名は『愛《いと》しのセレナ姫様』でよろしいので？」

性懲りもなくふざけたシズを、フレアが眼光鋭く睨《にら》みつける。

「うわ怖っ。冗談すよもぉ。冗談でも言ってないと、コッチまで呑《の》まれるんすからぁ」

怖い、などと口走った彼女はしかし、微塵《みじん》も恐怖していないのは明白だった。

天高く聳《そび》える『紅の太陽』。これだけ巨大な共心石《シンパシウム》結晶を前に恐怖でもしてしまおうものなら、あっという間にガーネットやシルエットのように星眩《ほしくら》みに堕《お》ち、心を、記憶を、自我を失ってしまう。

シズが飄々《ひょうひょう》とした態度を取っているのも、この場で星眩みの餌食になるような感情を抱いてしまうことのないようにだった。

特別訓練場とはつまり、『紅の太陽』の前でひたすら歌い踊り、星眩みになるまで延々とパフォーマンス練習を続けさせるというだけの、ごく単純な地獄。戦舞台《ウォーステージ》に負けた者の他にも、実力の足りない者、精神面《メンタル》が未熟な者、不要な理念を抱く者……そうした「問題のあるアイドル」が送り込まれる、事実上のアイドル収容所。

この巨大共心石《シンパシウム》は高層階の屋上に聳《そび》える鉄の国のシンボルであると同時に、巨大工場の動力源でもある。送り込まれたアイドルたちは感情を捧《ささ》げてエネルギーを生み出し工場を稼働させるためのいわば電池に過ぎず、仮に一週間星眩《ほしくら》みに耐え続けられたところで、やっていることは単なる自主練なので劇的な能力向上が見込めるわけでもない。

終わりの見えない過酷なトレーニングと、心を蝕《むしば》む赤い光に、大多数のアイドルは耐えられない。僅かでも絶望を感じれば、たちまち眩《くら》んでしまう。

シルエットは四日目で、ガーネットは八日目で。それぞれ星眩みに堕《お》ちてしまった。これでもガーネットは過去トップクラスに粘った方だ。

フレアのように、奇跡的に乗り越えられる強靭《きょうじん》な精神の持ち主が現れてくれれば僥倖《ぎょうこう》。仮に誰一人残れずとも、全滅までの間は工場が回る。逆に言えば、訓練の途中で倒れてしまうようなアイドルに電池以上の価値は無いということ。

過酷な教育で大量のアイドルを効率よく生み出し、弱者から次々ふるいにかけていく。斬れない刀を折って捨てるのではなく、鋳熔《いと》かして混ぜ、次の刀を打ち出す。

それが鉄の国の方針、総帥のやり方。

「……よく頑張ったわね、ガーネット。ゆっくり休んで、治してきなさい……」

彼女の耳にそっと囁《ささや》く。聞こえているはずがないと知りながら。

この国においても、アイドルは人間ではなく道具に過ぎない。

総帥の前で「人間としての本名」を名乗ることも当然許されず、フレアはシルエットの本名も知らないし、『藤谷深紅《ふじたにみく》』の名前も聞かなかったことにするしかなかった。

そして、たとえ鉄の国で最強のアイドルと呼ばれようが、フレアもそんな道具の一つでしかない。こんな歪《ゆが》み切った常識が支配する世界を、どうすることもできはしない。

だからせめて、戦って。

戦って戦って戦って、勝ち取った賞金で。

「卒業」させられてしまったアイドルたちを、一人でも多く「人間」に戻す。

それが道具《アイドル》としてのフレアにできる、唯一にして最大限の努力だった。

「……シズ、今後一週間のスケジュール見せて」

「ほいほいどぞー」

中型サイズの情報端末《タブレット》を受け取り、明日以降に行われる戦舞台《ウォーステージ》のエントリー状況を確認していく。

フレアは、各地で開催されるほぼ全ての戦舞台に可能な限り出演してきている。

そして『砂の国』……つまりレインとの試合以外、全ての相手に勝利を収め、公式記録全戦全勝のレインの次に高い勝率と、莫大《ばくだい》な賞金を手にしている。

本当なら、レインに負けたペナルティで特別訓練場送りにさえされなければもっと沢山の戦舞台に出演できるのだが……フレアはたとえ負けることになるとしてもレインの出る会場へは必ず自分もエントリーするようにしていた。

何故《なぜ》なら、自分以外のアイドルをレインに負けさせるわけにはいかないから。

レインは……あの「雨」は、災害だ。

この国には、フレア以外にレインに対抗できるレベルのアイドルはいない。彼女に負けた子は、そのあまりの実力差に絶望し、特別訓練場に送られるまでもなくステージの上で星眩《ほしくら》みに堕《お》ちてしまう。

レインと同じステージに立つことができるのは、たとえ雨に打たれ溺れたとしても、消えることなく何度でも燃え上がることのできる炎だけだ。

（……だから私が、挑み続けないと）

大切な鉄の国の仲間《アイドル》たちを、一人でも多く災害から守るために。

「あ、お嬢。いつも通りそこも空けてあるっすからね」

シズが思い出したように声を上げ、端末のどこか一点を適当に指差す。

レインが毎回決まって参加してきた会場、その最終演目の枠がいつも通り空いていた。

戦舞台《ウォーステージ》の会場と日程と参加国、そして互いが賭ける戦利品は、全て橋の国が公正に決定し、他国が干渉することはできない。

それぞれの参加国が決定権を持つのは「どのアイドルを何番目に出すか」のみ。

そしてこの会場では、毎回暗黙の了解として、最終演目は『砂』ＶＳ『鉄』が組まれ、レインとフレアが互いに参加するのが通例になっていた。

「……ただ、ちょーっとよく見て確認しておいた方がいいかもっす」

「え……？　何よ、もったいぶって」

シズの不自然な前置きに、怪訝《けげん》な目をする。

今回もいつもと同じように最終演目にエントリーしようとしたフレアは、端末の画面を見て驚愕《きょうがく》に目を見開き、怒りに声を震わせた。

「…………!?　何よ、これ……！　どういうことよッ!?」

◇

「……見つけてください。砂漠に一輪、笑顔のハナです！　……これはどうでしょう、レインちゃん？」

「うん。すごくかわいい」

「わーいっ。この『胸の前で両手パッ』は他にもいろいろ使えそうですよね！　ちょっと次はパターンKでそれやってみますね！」

「お願い」

「いきますっ！　……いつも心に花束を。みんなに届け、キラキラ〜……スマイル！　はじめまして、ハナです！　……これはどうですか、レインちゃん！」

「うん。すごくかわいい」

「私は『みんなに』より『あなたに』がいいかなーって思いますね。ほらやっぱり、他の誰かかもしれない『みんな』より、『私に届いた！』って思いたいじゃないですか？」

「なるほどっ、ありがとうございますサチさんっ！　お次はパターンLです！」

「わかった、お願い」

「……二人の歌が世界を壊すっ。フローラルピンクデストロイヤー・ハナ！」

「すごくかわいい」

「レインちゃん違いますよ。ハナちゃんが最初に『二人の』って言ってたでしょ？」

「え？　…………あ。二人の歌が世界を壊す。レイニーブルーデストロイヤー・レイン」

「…………何をしているお前たち」

レッスンルームの扉を開けたプロデューサーが、目の前で繰り広げられるあまりに異様な光景に、思わず何の捻《ひね》りもない疑問文を投げてしまった。

「おはようございますっ、プロデューサーさん！」

「おはよう、デスト……じゃない、プロデューサー」

「……おはよう、フローラルピンクデストロイヤー、レイニーブルーデストロイヤー。で、これは一体何の騒ぎだ」

「ハナの自己紹介口上……？っていうのを、みんなで考えていたの」

「色々と言いたいことはあるが……そういうのは空き時間に自室でやりなさい」

こめかみを押さえつつレッスンルームの有効な使い方についてアドバイスしてから、プロデューサーは改めてレインとハナに向き直った。

「ファンの心を掴むことも確かに大事だが……、まずは目の前の戦舞台《ウォーステージ》について、不安要素を潰していく方が先決だ」

仕切り直しにひとつ咳払《せきばら》いをしてから、本題を話し始める。

「……仮で押さえていた鉄砂第三ホールの最終演目だが、つい昨日鉄の国からのエントリーが正式に承認されたそうだ。三日後の戦舞台、二人の相手はフレアに決定した」

「……！」

レインの表情がピリッと強張《こわば》るも、

「わーいっ！　あのキラキラのステージを作ってたレインちゃんとフレアちゃんの二人にわたしも交ざれるなんて、今から楽しみですっ！」

ハナの言葉で、すぐにまた緊張が和らぐ。

世界を壊すには、どんな歌を歌えばいいのだろう。

砂漠に雨が降ったあの日。ハナと二人で日が沈むまで話した。

ハナの目標。それは、みんなに愛される最高のアイドルになって、一花《いちか》に最高のライブを見せること。

そんな『アイドル』には、ファンが必要だ。光を携えてハナとレインを照らし返してくれる人々が。

笑顔とキラキラを届ける相手が。

例えば十二番鉱区街の子供たち。彼等《かれら》もきっと、既にハナのファンだ。

けど、あれだけではあまりに足りない。ひとつの国の、ひとつの街の、自分と年や感性の近しい数名の少年少女。たったそれだけでは、到底世界に手は届かない。

「……やっぱり、戦舞台しかないのかな」

「はいっ。キラキラのステージ、わたしも出たいです！」

戦舞台に対するレインとハナの印象はまるで正反対だった。

レインにとっては、真実を知った後で一人で帰るには心細すぎる場所。

ハナにとっては、初めてレインのライブを観《み》てキラキラを受け取った場所。

「そっか……観てもらえばいいんだ」

あらゆる鉱区街……いや全国全土に中継される戦舞台の映像。

そこでハナのライブを観た人が、一人でも多くハナのファンになってくれれば。

一人ひとりに、ほんの少しずつでも、アイドルを大好きな心を思い出してもらえれば。

かつてのようにアイドルを愛してくれるようになった人々の間で、悍《おぞ》ましい戦争から、兵器同然の扱いから、アイドルを解放すべきだという声が広がるかもしれない。

そして彼等《かれら》がライブを観《み》に、ハナに会いに会場まで集まってくれるようになったら。

ステージを囲むのが、共心石《シンパシウム》の像ではなく人間の観客に変わるなら。

アイドルが星眩《ほしくら》みに陥ることも、石になるまで使い潰されることもなくなるはず。

そうやってひとつずつ、アイドルを「国の所有物」から「みんなのアイドル」へと取り戻していければ。戦舞台《ウォーステージ》という興行自体を立ち行かなくしていければ、やがてきっと。

誰もアイドルを愛さないような世界を、壊せるはず。

これは途方もない夢物語。

けど二人ならきっと、叶《かな》えられない夢じゃない。

だからレインは、ハナは。二人で歌うためのユニット結成を快諾した。


「今更後戻りはできないが、本当に良かったんだな？　初陣の相手が、フレアで」

印刷した演目表《セットリスト》を手渡しながら問うと、レインは力強く頷《うなず》いた。

「……フレアじゃないと、ダメなの」

星眩みと戦舞台の真実を聞かされてから、レインの中には、まだ戦うことや勝つこと、相手のアイドルを負かすことへのためらいが残っていた。

世界を壊すためだなんて言って戦舞台に立ち続けて、アイドルに勝って、壊してしまうのでは結局今までと何も変わらない。

そんな懸念を抱えたまま全力でライブができるのかどうか、レインは自信が無かった。

だからこその、フレア。

彼女はこれまでレインに十七回も負け続けているのに、星眩みになった様子がない。

あのステージでレインと演《や》り合って、一面の青の光に照らされてなお絶望せずにいられる精神力。燻《くすぶ》ることなく燃え続けるのは闘志か敵意か執念か、レインにはまだ見極めきれなかったが、とにかくフレア相手なら、何の遠慮もなく全力を尽くせると確信できた。

それに、レイン自身にとっても「今しかない」。今立ち上がって戻れなければ、レインはこの先もう二度とステージの上に戻ることはできないだろうという予感があった。

「……最終演目。『鉄の国』フレア対……」

渡された演目表に書かれた内容を、レインが熱のこもった声で読み上げる。

「フレア対、『花の国』。Rain《レイン》×Carnation《カーネーション》」

エントリーにあたって名前をつけたプロデューサーが、咳払《せきばら》いをして解説した。

「『Reincarnation《リインカーネーション》』……つまり、ゼロからの再生という意味を込めた。そこに二人の名前の要素も入れて……雨と花とが掛け合わせた歌で、世界を壊し、生まれ変わらせる。……

そういう、祈りだ」

「素敵……っ、すっっっっ……ごく！　素敵ですっ！！！！」

またひとつ新たに増えた宝物に瞳を煌《きら》めかせながら笑うハナに、プロデューサーも少し照れくさそうに安堵《あんど》の息をつく。

「……あの、プロデューサー、『花の国』というのは……」

「そうだ。『砂』としてのエントリーではない。……少々強引な抜け道ではあるが、これで砂の国上層部へユニットの話を通す必要はなくなるわけだ。案の定、参加者ではなく勝敗にしか興味のない上層部は、未《いま》だこの仕掛けに気づいてもいない」

荒業も荒業だった。アイドル同士は国家を代表して戦舞台《ウォーステージ》に立つが、アイドルの所属先はあくまで国家ではなく事務所だ。だから、事務所そのものが新たな国家を名乗ってしまえば、砂の国の思惑の外で自由に動くことができる。

すなわち、事務所ごと砂の国を離反したのである。

「……っ、でもそれって……！」

「そんな顔をするな、早幸《さち》。リスクは百も承知だ」

当然、国中の事務所がこのように好き勝手していたら、国家は立ち行かない。それ相応のリスクが存在する。

それは、「賭けられるものを持たない」ということ。

戦舞台である以上、互いの国家の持つ領土や資源、相手と価値が一致するだけのものを賭け代に出す必要がある。だが所詮一介のアイドル事務所は、鉱区街のような領土や資源を持つわけでもなければ、国家に匹敵する財力を有するわけでもない。

賭けるに値する財産があるとすれば、ただひとつ。

誰もが欲しがる、『最強のアイドル』という兵器だけだ。

「……勝てばいい」

喉の奥から絞り出すように、己に言い聞かせるように、プロデューサーは言い放つ。

一度負ければ、全てを失う背水の陣。

元より、勝利以外の道は無い。

「…………っ」

早幸の不安に満ちた視線がレインへと向く。視線に気づいたレインは、友達を心配させないようほのかに微笑《ほほえ》んだ。

この手段を提案したのは、他でもないレイン本人だった。

最強のアイドルという価値を差し出せばどれだけのものを取り戻せるかを、レイン自身よく知っていた。アイドルは人間ではなく道具だから、テーブルに載せられることも。

賭け代はあくまで橋の国がランダムに決定し、互いの国が指定することはできない。しかし今回は偶然にもレインの思惑通り……過去に鉄の国に吸収され、今となっては資源も採掘し尽くされ誰一人住んでいないという広大なだけの荒れ地が選ばれた。

旧一番鉱区全域。

「……うん。勝てばいい」

レインは、誰も傷つけずに全てを取り戻すつもりでいる。

「……さて」

ぱん、と区切りをつけるように手を打ち、プロデューサーが話題を移す。

「決まったからには、早速練習を開始してもらいたいものがある」

ハナとレインに一部ずつ手渡された、さっきとは別の紙束。

それは、一曲分の楽譜《スコア》。

「フレアは強い。これまで何度も相手してきたレインはともかく、ハナにとっては遥《はる》か上の実力者になるだろう。勝つためには早急なスキルアップと……二人にとって経験の差が少ない、同じスタート地点から同じ歩幅で身につけられる新曲が必要だ」

手渡された楽譜には、無機質に番号や記号だけが振られているスコアブックとは違い。

彼の祈りが、記されていた。

『Days in Full Bloom《デイズ・イン・フルブルーム》』。

「あくまで一花《いちか》の曲……『One day in Bloom《ワン・デイ・イン・ブルーム》』に、二人用のアレンジを加えたものであって、完全な新曲というわけではないが……お前たち二人の武器としては、これ以上相応《ふさわ》しいものは無いだろうと思っている」

二人が初めて心を重ねて歌い、奇跡を起こした曲。

あの虹を、今度は二人並んで渡れるようにと、プロデューサーは祝福してくれた。

「……ありがとう、プロデューサー。これなら私たち、絶対に負けない」

「……っ、大口を叩《たた》くのは、しっかり練習してからにしろ」

すかさずそっぽを向かれてしまったが、レッスンルームには壁一面の大きな鏡があるので、彼の表情はレインには丸見えだった。

◇

戦舞台《ウォーステージ》まで、残りたった三日。

それだけの期間でできる練習は限られていて。

限られた時間の中で、レインもハナも最大限の前進に努めた。

「……ワン、ツー…………ああ、そっか。ここは……」

とっくに日が落ちてもまだ明るいレッスンルームで、鏡の中の自分と見つめ合いながら一心に踊り続けるレインの姿を、プロデューサーが背後から見守っていた。

「…………あれ」

そんな視線に、レインがふと気づく。

「プロデューサー。……今日は私のこと止めなくていいの？」

冗談めかして微笑《ほほえ》むレインの態度に少し驚きながら、プロデューサーも微笑んで答えた。

「あまり遅くまで根を詰めすぎるようなら、一言注意するつもりで来たが……お前のその顔を見て、そんな懸念は全部吹き飛んだよ」

どんな顔だろう、と鏡を振《ふ》り返《かえ》るレインを見て、プロデューサーはまた笑った。

「……ただ、床は散らかり過ぎだ。終わったらちゃんと片づけておくように」

レッスンルームの床には、レインの使っていたスコアブックや『Days in Full Bloom《ディズ・イン・フルブルーム》』の楽譜《スコア》、歌詞を書き留《と》めた紙などが所狭しと並べられており、そのどれもに二人分の字がびっしりと書き込まれていた。

ハナの字は、歌い方や振り付けのコツを。レインの字は、ハナの豊かな感情表現を。互いが教え学び取る「アイドルユニット」の姿が、そこには集約されていた。

「それで、えっと……何かあった？」

「ああ、早幸《さち》から伝言でな。ハナを無事送り届けたから、今から帰るそうだ」

「良かった。後でちゃんとお礼、伝えないと」

早幸は、心動二輪《エモーターバイク》でハナを花園へと送り迎えする役を買って出てくれた。本人は「私にはこれくらいしかできませんから」と言っていたが、レインもプロデューサーもバイクの運転はできないので大助かりだった。

「……ふふっ」

風を切るバイクの後部座席で目を輝かせてはしゃぐハナの様子がありありと頭に浮かんで、レインは知らず知らず笑みをこぼしていた。

「早幸が戻ったら、一緒に夕食にしよう。それまで少し時間が空くだろうから、これだけでも腹に入れておいてくれ」

そう言って差し出されたのは、いつかと同じ水とゼリー。

「あ。わざわざありがとう、…………」

「……？　どうした？」

「ねえプロデューサー。私、そっちのがいいな」

そう言ってレインが指差したのは、プロデューサーの持つ袋に残った方のゼリー飲料。

一見同じものだが、風味や成分が異なっている。

「シトラスミント味？　これは眠気覚ましの結構強めなヤツだから、後で私が……」

いったん言葉を止めて、苦笑してからプロデューサーは続けた。

「……いや、いいぞ。交換だ。キャラメルピーチ味は私が貰《もら》おう」

「ありがとう。甘いの、平気だった？」

「正直得意ではないが……まあ、たまにはいいさ」

疲れた身体《からだ》には甘いものを、という彼の配慮ではあったが、それもお互い様だ。

最近思い出せたことだが、レインはゼリーの味なら甘いフルーツの風味よりもすっきり爽やかな柑橘《かんきつけい》系やハーブ系の風味の方が好みだった。

味の好みなどという、誰もが「それがどうかしたの？」と考えるような何でもない石ころでも、今のレインにとっては大切な宝石だ。

「……プロデューサー、私ね。シトラスミント味のゼリーが好き」

「うん？」

唐突な宣言に疑問符を返すプロデューサーに、レインは穏やかな表情で続ける。

「寮の部屋の窓から入ってくる朝の色が好き。プロデューサーがたまに事務所で飲んでるコーヒーの香りが好き。風の弱い日のランニングコースの砂の感触が好き。思いっきり走った後に飲む冷たい水の最初の一口が好き」

指折り、「好き」を数える。

「歌が好きで、ダンスが好き」

　ずっと雨雲の中に隠していた想《おも》い。

　ハナが見つけてくれたキラキラを、言葉に変えていく。

「ずっと完璧にできてると思ってた課題曲も、ハナと二人で歌うと全然別の発見があって。もっとこうしたい、こうすればもっと良くなる、じゃあそれをハナにどんな風に伝えようかな……って、気づいたら止まらなくなってて」

　その結果が、レッスンルームの床を埋め尽くす言葉たちなのだろう。

　スコアブックを拾い上げてパラパラとめくれば、楽曲番号の欄にはハナがひとつひとつ名付けたという「曲名」たちが記されていた。

「……だから私、もう二度と。こんな気持ちを他のアイドルから奪いたくない」

　微笑《ほほえ》みが不意に、翳《かげ》る。

「……レイン」

「私、本当はまだ怖いんだと思う。ハナは平気だって言ってくれたけど……私、本当に歌っていいのかな。戦舞台《ウォーステージ》に立っていいのかな。……楽しいなんて、思っていいのかな」

　微《かす》かに震えるその声には、椿《つばき》に告げられた言葉への不安や恐怖が浮かんでいた。

　──お前の歌は、アイドルを壊す。

「今回は、フレアが相手だから……フレアは強いから、きっと大丈夫だと思うけど。でもこの先もずっとフレアだけを相手にしていくわけにはいかない。もしいつか、誰か他の国のアイドルを倒して、また絶望させることになったら……そんな気持ちを、ハナに味わわせることになったら、私は……」

不安を顕《あら》わにするレインの両肩に手を置き、まっすぐにその瞳を見つめる。

井戸の底を覗《のぞ》き込《こ》むようだった、あの日の昏《くら》く冷たいダークブルーとは違う。

水底に佇《たたず》む真珠のような、夜空に瞬く星のような、確かな光が浮かぶ瞳。

この光をもう二度と絶やしたくないと、プロデューサーは思った。

「……その時は、相手に一言こう伝えてやれ。『あなたとのライブは楽しかった』と」

「え……？」

「また一緒に演《や》ろうって、約束すればいい。相手のアイドルにも、ステージを楽しみ、アイドルを愛する心を思い出してもらえるように」

「あ……」

その言葉に、レインは驚いたように目を見開く。

そうだ。ファンだけじゃない、アイドルだってアイドルを愛していい。

誰か他の国のアイドルを倒して？　ううん、違う。

敵じゃない。いつか一緒にステージの上で笑い合える仲間のはず。

「……ありがとう、プロデューサー。すごく、参考になった」

「なら良かった」

肩に置かれた手に、ほんの僅かに力がこもる。

「……こんな簡単なことを、俺は一花《いちか》に教えてやれなかった」

五年もの間、ずっと彼の心に渦巻いている重く黒い後悔。

それを、自分が一緒に持ってあげようと、レインは言葉を紡ぐ。

「大丈夫。私とハナが、一花さんに最高のライブを見せればきっと、一花さんの星眩《ほしくら》みも治るから。一花さんの笑顔が戻ってくるから。その時に、改めて伝えてあげて」

今度は自分が励ます番だ。そう意気込んで伝えた言葉に、しかしプロデューサーの顔はいまだ晴れなかった。

「……すまない、レイン」

「どうして謝るの？」

「一花のために戦うべきは、本当は私なのに。お前ばかりに戦わせるような、こんな世界を作ってしまったのは、私たちのような人間だ。……あの日お前の言葉に甘えて、お前を『壊れないお人形』なんかにしようと考えたこと、ずっと謝らなくてはと思っていた」

父親の気持ちというものはレインには想像できなかったが、アイドルが兵器のように扱われる世界で実の娘をアイドルにしようなどという考えは、椿《つばき》の言っていたように普通ではないのかもしれない。

しかし、レインには謝られる筋合いなどなかった。

「……お父さん、私ね。歌が好き。ダンスが好き。……アイドルが、大好き」

いつか雨雲に捨ててしまった愛を、拾い集めて慈しむような声。

プロデューサーが、レインをアイドルにしてしまったことを後悔しているとしても。

レイン自身は、アイドルになれたことを微塵《みじん》も後悔していない。

「私をアイドルにしてくれてありがとう」

伝えたいと心から想《おも》った言葉を、レインはそのまま口にした。

「…………っ」

返事はなく、涙をこらえるような呼吸の音だけがレッスンルームに響いた。

「……私、戦うよ。アイドルとじゃなくて、アイドルを道具みたいに利用しようとする人たちと……そんな世界と戦う。それで、一人でも多くのアイドルに、あなたとのライブ楽しかったよって伝えるの。それが私の戦舞台《ウオーステージ》なんだって思うから。……それにね」

浮かべるのは、不安を流し去るような力強い笑み。

「誰にも負けないアイドルになりたいって『夢』も、大切にしたいの」

これまでプロデューサーのもとから去っていった、何人ものアイドルたち。その誰よりも輝いて、誰よりも強いアイドルになることが、『レイン』の最初の夢だった。

だってきっと、そんなアイドルは……誰でも笑顔にできるアイドルだとも思うから。

「……お前は最強だ、レイン。プロデューサーの私が保証する」

「うん。ありがとう、プロデューサー」

お父さんは、泣き虫だった。

けれどプロデューサーは、レインが安心できるような頼もしい笑みをしていた。

「……早幸《さち》さんに、さっきの顔見せられないもんね？」

「……こういう時くらい格好をつけさせてくれ……」

気安いからかいに眉をひそめつつ、プロデューサーは苦笑するのだった。

◇

「サチさんっ、三日間送り迎えありがとうございましたっ！」

後部座席からの元気な声に、無言で夜の砂漠を飛ばしていた早幸がハッと顔を上げる。

時間はあっという間に過ぎて、今日がライブ前日。ハナを家まで送り届けて、事務所に戻って、夜が明ければすぐに……二人の命運を決める戦舞台が、始まってしまう。

出演もしないのにずっと緊張と不安で強張《こわば》った顔をしていた早幸は、ハナの元気いっぱいの感謝にあてられて弱々しくも微笑《ほほえ》みを取り戻す。

「い、いえいえ。私にはこれくらいしか……」

言いかけた定型句を飲み込み、改めて本心を伝える。

「……これからも頼ってください」

自分にできることで、レインとハナを助けたい。それが早幸《さち》の心からの望みだった。

「…………っ！　あのっ、じゃあ！　早速ひとつ、ワガママいいですかっ！」

「えっ、は、はい……!?」

「ほんのちょっとだけ、寄り道してほしい所があるんですっ！」

そうしてハナの指差すまま、二人が「寄り道」したのは。

「あれっ、ハナがいる！」

「ほんとだー！　いつも昼間にしか来ないのに、珍しいじゃん！」

十二番鉱区街。

ハナがよく訪れては歌っているという、早幸にとってはあまり良い思い出のない街。

「こんばんは、みんな！」

外壁を登って遊んでいた子供たちに笑顔で手を振るハナを、早幸が不安そうに見つめる。

もう夜なのに鉱区街に寄り道なんて、ハナは何をするつもりだろうか。

「今から歌うの？　ちっちゃい子たちはもう寝ちゃってるんだけど……」

「ちょっと待ってて、大人の人に門開けてもらうようお願いしてくる！」

口々に話しかけてくる少年少女に、ハナは首をぶんぶんと横に振る。

「ここで大丈夫ですっ！　今日は告知に来たので！」

「コクチ……？」

聞き慣れない単語に首を傾《かし》げる子供たち。ハナは大きく息を吸い、壁の向こうの大人たちにまで届くような声で告げた。

「重大発表っ！　明日、わたしの初めてのライブがあります！」

夜空に響き渡った重大発表に、子供たちは揃《そろ》ってポカンと口を開けた。

「なにいってんの？　いつもここでライブやってんじゃん」

「あれっ。そ、そうかも……？」

「なんだそれ！　変なのー！　あははっ」

子供たちと一緒に楽しそうに笑うハナを見て、早幸は改めて実感する。

ああ、そっか。同じなんだ。

確かに明日はハナにとって、アイドルとして立つ初めての戦舞台《ウォーステージ》。でも、鉱区街の子供たちの前で歌う小さなステージも、ハナにとっては同じように「ライブ」なんだ。

かつて自分が「クローバー」として、文字通り戦場に赴くような心持ちで臨み続けてきた恐ろしい戦舞台。それをハナは、いつも通りの楽しいライブとして捉えている。

戦うための、奪い合うためのライブじゃなく。一人でも多くの人に見てもらうための、愛と夢とキラキラを届けるためのライブとして。

「でもやっぱり、初めての特別なライブなんですっ。お揃《そろ》いの素敵な衣装を着て、二人の大切な歌を連れて、レインちゃんと一緒に立つ、わたしの憧れたキラキラのステージ……だから、わたしのデビューライブ、みんなにも観《み》ていてほしいんです！」

子供にも、大人にも。鉱区街のひとりひとりにまっすぐ届くような声に。

「……っわ、私からも、お願いします……っ！」

気づけば、早幸《さち》も声を上げていた。

ざわつく子供たちから当然返ってくる「誰？」との囁《ささや》きに、心臓を掴《つか》まれ締め付けられるような気持ちになりながらも、ほとんど裏返った声で早幸は続けた。

「ハナちゃんと、レインちゃん。二人がきっと、世界を変えちゃうような……！　そんな凄《すご》いライブを、お届けするので……！　ど、どうか、見守っていてください……っ！」

一人でも多くの人に、二人の歌が届くように、自分にできることを。

絞り出すように叫んだ後、俯《うつむ》いた早幸の頭上から沈黙を破る声が次々に生まれる。

「よくわかんねーけどわかった！」「大人がいつも食堂で観てたよね？」「そうそうなんか怖い顔で」「じゃあ明日はみんなで食堂行こうよ！」「おれ、うおすてーじみんのはじめてだ！」「楽しみだね、明日っ」「ハナおまえ負けんなよな！」「がんばれよ！」

口々に言い合う子供たちの姿に、一気に肩の力が抜ける。ふと顔を上げて隣を見れば、満天の星空よりずっと眩《まぶ》しい笑顔があって。

「ありがとうございます、サチさんっ！」

ああ、神様、どうか。

彼女の笑顔を、あの光で眩《くら》ませないでください。

リハーサルの時、新人アイドルなんてレインちゃんにこてんぱんにされて諦めちゃえなんて思ってしまったこと、取り消させてください。

レインちゃんから、この笑顔を取り上げないでください。

二人を、『アイドル』でいさせてあげてください。

「……どうか幸運が、ありますように」

誰にも聞こえない声で呟《つぶや》いた小さな祈りを、夜風がどこか遠くへ連れて行った。

◇

夜が明け、訪れた運命の日。

薄暗がりの舞台袖で、レインはかつて感じたことのない緊張に襲われていた。

「……はーっ……。『グレイスサウンド』と『真珠星』だけは、あともうちょっとだけ詰めたかったかも……」

この二曲のどちらかが選ばれる確率はおよそ5%。たったそれだけと見るか、そんなにも高いと見るか……ともかく、舞台袖でレインが確率に悩まされるなど初めてだった。

「ハナは平気？」

「は、はいっ。もう、その、アツアツですっ」

肩にめちゃくちゃに力が入っている様子のハナが、胸のあたりを押さえながら独特の感性で興奮を表現した。

「……ハナ。リラックス」

そんな姿を見て逆に冷静になれたレインは、最初にしたのと同じアドバイスを告げた。

「大丈夫。ハナはこの三日間で本当に伸びたよ」

「……は、はいっ」

「緊張し過ぎなくても大丈夫。一緒に練習してきたことを、みんなの前で再演するだけ。課題曲の練習、あんなに楽しかったでしょ？　だから本番もきっと楽しいよ」

「……はいっ！」

レインの言葉がひとつ届くたび、ハナの笑顔が咲くみたいで、嬉《うれ》しかった。

こんなに穏やかな気持ちで戦舞台《ウォーステージ》に立つなんて、以前は到底考えられなかった。

ハナと会えてよかった。

「…………え、誰……？」

砂の国のスペースからダウナーな声がした。

涼やかな色をした髪を薔薇《ばら》のように複雑に編み込んだ綺麗《きれい》な顔立ちのアイドルが、以前とは別人のように微笑《ほほえ》むレインの姿を怪訝《けげん》そうに見つめていた。

「はじめまして、ハナですっ！　今日はお互いがんばりましょうねっ！」

「え、うん……や、別にいーかな、頑張るとかは……ほどほどでいーって。……じゃなくてさ。あたしが聞きたいのはレインの方。……マジ誰、あんた。そっくりさん？」

無理からぬ反応に、レインは苦笑して答える。

「えっと……ちゃんと、レインだよ。ブルーローズ」

アイドルネームを呼ばれた彼女は、なおのこと驚いて目を丸くした。

「……超意外。知ってたんだ、あたしのこと」

「……ううん。この間まで、知らなかった。ごめんなさい」

身に覚えのないことでいきなり頭を下げられたブルーローズは、レインの様子に困惑しながらも「や、別に……」と答え、しばらく沈黙してからまた口を開いた。

「あのさ。噂《うわさ》で聞いたんだけど。……あんた今日、『砂の国』じゃないってマジ？」

「うん、『花の国』。今日は『レイン』でもなくて、ハナと二人で『Rain《レイン》 × Carnation《カーネーション》』」

「ながっ……じゃーさ。自分たち賭けてるって噂も、マジなわけ？」

「本当だよ」

今日『花の国』が賭けることとなったのは、ハナとレイン、二人のアイドルの所有権。

「……マジかー……」

空気の抜けるような長い溜め息《たいき》をついてから、ブルーローズは淡々と告げた。

「……なら、負けないでよねー。あんた負けたら鉄の国に取られるんでしょ？　レインが敵側になるとか、マジ考えたくないし……」

「うん。勝つよ。ありがとう」

レインの笑顔を見て、ほんの少しだけ口角を上げてから、ブルーローズは手をひらひらさせて「頑張れー、レンカネー……」と呟《つぶや》きながら自身の待機場所に戻っていった。

「いい人ですね、ブルーローズさん！」

気だるげな応援を素直に受け取ったハナが、また爛漫《らんまん》と笑顔を咲かせた。

『第九演目、『砂の国』クリスタル対『霧の国』ヘイル』

機械的なアナウンスが次のカードを告げ、またひとつレインたちの出番が近づく。

舞台の方から漏れてくる光に、背筋が強張《こわば》るのを感じてレインは思わず目を閉じた。

……私は大丈夫。

ハナが一緒にいてくれるから。

「……あっ！」

ハナが上げた嬉《うれ》しそうな声に、目を開けると。

「フレア……」

ただ静かな怒りだけを宿した表情で、フレアが佇《たたず》んでいた。

「何なのよ、そいつ……！」

舞台袖の薄闇の中でも、はっきりわかるほどに。

紅に燃え上がる炎のごとく揺らめく瞳が、突き刺すようにレインを見つめていた。

「はじめましてフレアさん、ハナといいます！　今日はよろしくお願いしますっ！」

あくまで「敵」ではなく「共演者」に向けた純真な笑顔を、フレアは無視した。

彼女とは対照的に蒼《あお》く静謐《せいひつ》なレインの瞳が、炎のような熱を受け止める。

「……誰より、大切な仲間《アイドル》だよ」

そう返した、レインの優しい笑顔を見て。

フレアは怒りと悲しみが混ぜられたような複雑な表情を浮かべ、かすれ声で呟く。

「あんた、私と同じ人形だったじゃない……どうして今さら、人間のフリ……」

そして俯《うつむ》き、大きく息をついてから、低く言い放った。

「……道具《アイドル》辞めたんなら、私が勝つ」

鋭い目つきはどことなく、椿《つばき》からも向けられたことのある純然たる敵意を感じさせて。

あまりの威圧感に、レインは怯《ひる》み、半歩退いていた。

それを見たフレアは、それきり一切の興味を失《な》くしたように、あっさりと踵《きびす》を返し鉄の国の待機場所へと戻っていった。

「……っ、はー……っ」

「レインちゃん？　平気ですかっ」

「……うん。ごめんね、大丈夫」

息を落ち着けながら答えるも、本心はあまり大丈夫ではなかった。

……怖い。

今までフレアに対して抱いたこともなかった感覚が、こびりついて離れない。

「すごいですよねっ、フレアさん」

「すごいって……何が？」

「フレアさん、最初からずーっと『今日は勝つ』『今日は負けない』って燃えてました。わたしの『勝ちたい！』は、多分あそこまで強くないです。レインちゃんのキラキラがキラキラなら、フレアさんのはギラギラです」

「ギラギラ……」

何だか擬音に落とし込むと、不安が一気に薄れた気がした。

「フレアさんが何度負けても星眩《ほしくら》みにならないのは、きっとあのギラギラがあるからなんですよね。次は勝つって、前向きな気持ちがずっとあるから」

ハナにかかれば鋭い敵意も燻《くすぶ》らない闘志も、まとめて「前向きな気持ち」らしかった。

アイドルが星眩みに陥るのは、きっと自身の敗北を示す色の光に絶望した時。たとえ負けても「これで終わり」と諦めさえしなければ、心を見失わずにいられるのだろうか。

「だから、もし負けても笑顔でいればレインちゃんも大丈夫ですっ！」

「……ふふっ。負けちゃダメでしょ」

ハナの言葉に勇気をもらって、レインはステージへと向き直る。

一人じゃ、きっと怖いままだったけど。

ハナが隣にいてくれるから、私は絶望せずにいられるんだ。

◇

『第十演目、『砂の国』ブルーローズ対『鉄の国』ウィスタリア。勝者、ブルーローズ』

砂の国の要人たちが談笑する観覧室に、ひときわ大きな感嘆の声が響く。

「先生のアイドルも最近箔《はく》がついてきたようですなぁ。喜ばしいことだ」

「いえ滅相もない。確かに高性能には仕上がりましたが、レイン程とは参りませんよ」

「前回はウィス何某《なにがし》には負けてしまってたからのう。……はて、どれが負けたんだったか。

最近物忘れが酷《ひど》くていかんの」

「残《のこ》すは結果の見えたレイン対フレア。二十連勝まで秒読みですかな、天地先生《あまどころ》」

ねっとりと笑いかけてきた、確かどこかの鉱区の大地主だったかの男に、天地プロデューサーは愛想笑いひとつ返さない。

「……こ、これ、天地くん。失礼じゃないかね」

知事が咎《とが》めに近寄ってくるが、それも無視。

沈黙を貫いたまま、視線はまっすぐに、ライブ会場を映すモニターだけを捉えていた。

「い、いよいよ、ですね……」

「……大丈夫だ」

隣席で居心地悪そうに縮こまる早幸《さち》にだけ、落ち着かせる言葉を一言。

いや、それは自分自身にも向けていたかもしれない。

大丈夫だ。何も心配することはない。

これが第一歩なんだ。虹を渡って歩き出すための、今日がその第一歩。

今日ここから始まるんだ。二人のアイドルが、世界を壊す物語は。

『最終演目』

クライマックスを告げる、どこまでも機械的なアナウンス。

『『鉄の国』フレア対『花の国』Rain《レイン》×Carnation《カーネーション》』

次の瞬間、観覧室は御老人方の騒々しいどよめきに包まれた。

「は……？　花の、国……？」「レイン……レイン、何と？」「何じゃそれは、聞いとらんぞ!?」「何かの間違いじゃないのか!?」「いやしかし、レインは舞台に……!?」「ま、待て、プログラムにも書いてあるッ」「お、おいッ、誰か責任者を呼べ！」

騒音の中、涼しい顔で座り続けている責任者《プロデューサー》の姿を見つけた知事が、今にも青筋がはちきれて目玉が飛び出しそうな形相で彼に詰め寄った。

「あ、天地ぉっ！　これは一体どういうことか、説明してくれたまえよぉっ!!」

「……そこをどいてくださいますか、知事。二人のステージが見えない」

「……っ!?!?　き、貴様ぁ……!?」

「お静かに。二人の歌が聞こえない」

粛然とした、しかし触れれば刺すような彼の剣幕《けんまく》に、知事だけでなく全員が黙り込み、困惑のまま自然とモニターの方を向いていた。

「……始まっちゃった。本当にもう、見守るしかないんですね……」

震え声でぽつりと呟《つぶや》いてから、早幸は祈るように指を組み、瞬《まばた》きひとつしようともせずにステージの映像を見つめた。

もはや知事にも、地主にも、重役にも、プロデューサーにも。この場の誰にも、何をどうすることもできない。

ここから先は、彼女《アイドル》たちだけの時間だ。

◇

先攻は、先に名前を呼ばれたフレア。

曲名の無い、彼女の自由曲が勢いよく流れ出す。

アップテンポでありながら、駆け抜けるのではなく踏み荒らすような重厚な曲調。

挑戦的なまでに激しく、大きく、芯のある振り付け。

もっと速く、もっと重く、もっと激しく。常に上へ上へと追い立てるようなビート。

まるで火の海で舞うダンスのよう。しかし熱さに悶《もだ》え苦しむのではなく、炎すらも支配下において共に舞い踊る、さながら火炎の妖精。

前回も、前々回も、いやもっと前からフレアはこの曲を自由曲にしている。

最強に対する、最大にして最高の切り札。

それに今日は何故《なぜ》か、いつもより。

彼女の『熱』が、強い。

（……相手の自由曲、こんなにじっくり見ることなんて無かった、けど……）

やっぱりフレアは強い。

頭のてっぺんからつま先まで……いや咲き乱れる髪の毛先一ミリに至るまで、舞い飛ぶ汗のひとしずくに至るまで。全ての動きが綿密に計算し尽くされて見える。

さらにその歌声は、どんなに激しいダンスの中でも微塵《みじん》もブレない。

まるで、吐息の温度が、歌声の温度が。ステージの後方、レインの立つ待機スペースまで運ばれてくるようで。

（ギラギラ……届いてきてる……！）

フレアの『熱』が伝播《でんぱ》して、確信する。

今日のフレアは、過去最高に調子が良い。

思わず強張《こわば》る身体《からだ》。圧倒的な熱に、凍え震える感覚。

もし、このステージを囲む暗闇が、一斉に……赤く光り輝いてしまったら。

想像するだけで、渇く喉、凍える背筋。

いつの間にか小刻みに震えていた指先に。

全てを灼《や》くようなフレアの熱とは、違う温《ぬく》もりがふれる。

（……あ…………）

そうだ。弱気になんてならなくていい。

隣にはハナがいる。

……それに大丈夫。私だって強い。

歌が大好きだっていう、私の『熱』は。あんなに黒い雨雲の中でも消えなかった。

私たちも、負けるつもりはない。

『続いて、『花の国』自由曲』

フレアの全力のパフォーマンスが終わり、即座に流れる機械的なアナウンス。

「……行こう、ハナ」

「はいっ!」

二人、並んで一歩踏み出す。私たちの、ステージへ。

◇

十二番鉱区街。

いつもより客の平均年齢層が低めな中央食堂に、わいわいと黄色い声が響く。

「あっ、ハナおねーちゃん出てきた!」

「ほんとだ! レインもいる!」

「じゃあじゃあ、こないだのかっこいい歌、またやるかな⁉」

つい昨日、ハナの「告知」を聞いた子供たちは、約束通り全員テレビの前に集まっていた。親や兄弟、昨夜はもう寝ていた子供たちにも声をかけて、いつの間にか食堂を埋め尽くさんばかりの大人数になって、ハナとレインを映すテレビに釘付《くぎづ》けになっている。

「戦舞台《ウォーステージ》の見物が、こんなに賑《にぎ》わうなんて初めて見たなぁ……」

子供たちばかりか街中の大人たちまでもが仕事もそこそこに食堂に殺到する光景を前にしみじみと呟《つぶや》く店員。彼の視線もまた、集まった見物客ではなく画面に向いていた。

「あっ、後攻、はじまるぜ！」

「シーッ……!!」

息をひそめ、耳を澄ませた子供たち。

ほどなくして、さっきまでライブを支配していたフレアの曲とは正反対に穏やかでゆったりとしたイントロが流れ始めた。

『……いつも心に、花束を。あなたに届け、キラキラ～………』

両手を頬《ほお》の横でパタパタ（本人曰《いわ》く『キラキラ』）させながら、キョロキョロと何かを探すハナ。子供たちは思わず吹き出すのをこらえながら、彼女と同じポーズを取って、昨夜の「予習」より長い溜めのゴールを待つ。

『…………！』

瞬間、ここにいた全員が、ハナと目が合う。

『……っスマイル～～～～！！！』

「スマイル――――――っ！！！」

幾重もの声が、ひとつになる。

「ぶははは！　なげーよハナっ!!」

「もー男子うるさ！　歌はじまるから！」

聞き慣れたようでほんの少し違うイントロが終わる。

『――聞いてください、私たちの歌。『Days in Full Bloom《ディズ・イン・フルブルーム》』』

柔らかな声でそう告げて、一歩前に出たのは。

「…………えっ……レイン？」

業火燃え盛るステージを、包み込んで冷ますような。

霧雨のように優しい声で歌う、レインだった。

「……この子……こんな顔できるのね……」

それはきっと、砂の国の誰もが初めて聴く歌。

ずっとずっと長い間、耳を傾けてこなかった少女の歌。

ひとつひとつ、音ではなく言葉を紡いで、雨粒に乗せるように。

遥《はる》か遠くでライブを観《み》ているはずの彼等《かれら》へ、迷わず、揺るがず、まっすぐに。

優しさを、温《ぬく》もりを、ときめきを。両手じゃ抱えきれない愛と夢を。

ひとりひとりに、雨が降り注ぐように、届けていく。

「今度は、ハナだ……」

レインの歌を引き継ぎ、雨音を受け取って咲くように、ハナが歌声を紡ぎ始める。

ハナの出会ってきた、もらってきたキラキラを、もっとたくさんの人に返すように。

満開の日々を、愛《いと》おしげに歌う。

「……また、レインが……」

そして次はまたレイン、次はハナ……というように。

二人が交互に、分かち合うように詞《ことば》を交わしていく。

やがて、この場の誰一人それが「サビ」と呼ばれることを知らない、二人の想《おも》いが重なる時間が訪れる。

「これが……アイドルの、ライブか」

いつの間にか、大人たちも皆、聴き入っていた。

「……なあ。僕たち、今まで……」

「ええ……」

誰かの呟《つぶや》きに、誰かが答える。

「この画面の中の『アイドル』の事。何だと思ってたんだろうな……」

国の所有物が、戦って、勝って、負けて。その結果だけを受け取って、届くことのない言葉を好き放題に吐き散らしてきた。中には自分の娘がアイドルになったのに、関心さえ持てなくなっていた者もいた。

けれど、この街に来ていた、笑顔も言葉も歌声も届く距離にいた彼女は。

ずっと一人で、砂の国のために戦い続けてくれていた彼女は。

「……あんな風に笑う、女の子だったんじゃないか……」

誰もが忘れていた当たり前の言葉に、誰もが沈黙だけを返していた。

長い長い、五分間が終わり。

ライブを見届けた彼等《かれら》は、決して届かない拍手を二人に送った。

その誰もが、雲間に虹を見つけたように晴れやかな顔をしていた。

◇

両者が自由曲を歌い終えて。

『続t■、課■ky■、課d■ガ――』

「わわ、何ですかっ!?」

課題曲をアナウンスするはずの機械的な音声に、けたたましいノイズが混じる。

「……もしかして……」

二人の歌が生み出した膨大なエネルギーの影響で、スピーカーが故障したのだろうか。

だとしたらまずい。

ライブ楽曲の音源は、アナウンスと同じスピーカーから音を出している。

このままだと、課題曲を演《や》れずにライブが終わってしまう。

「………」

突然のトラブルにも動じず、依然険しい目つきでいずこかを睨《にら》んでいたフレアが、何かを見つけて口を開いた。

「……レイン」

「えっ、な、なに」

急に話しかけられて困惑しつつ、フレアが指差す先を見る。

舞台袖の暗がりで、手を振る人の姿。

「……あれは、鉄の国がこの会場に常備してる予備の音響機材よ」

「そうなんだ。……つまり……？」

「私が使い慣れた機材と交換してライブの続きができるから、代わりにあんたたちが課題曲を選びなさい」

まだずっと何かに怒っているような声で、フレアはそう言った。

「……いいの？」

「その方がフェアでしょ。何選ばれても、私は文句言わないわ」

意図したことではないトラブルとはいえ、これは『Rain《レイン》×Carnation《カーネーション》』にとっては降って湧いた僥倖《ぎょうこう》だった。

レインがずっと気がかりだったのは、いくつかの課題曲の完成度だけ。ここで好きな曲を選ばせてもらえるのは大きなアドバンテージになる。ズルをしているようで少しだけ気が引けたが、ベストコンディションのフレア相手なら遠慮は不要だった。

「ありがとう、フレア。それじゃあ……」

レインはハナと目配せも相談もせずに、彼女も選ぶであろう曲の番号を口にした。

「二、二十七番でお願いします」

「…………ッ!?」

二十七番。『Twilight Flyer《トワイライト・フライヤー》』。

ハナが初めてレインを観《み》たライブで、レインとフレアが歌った課題曲。

ハナが初めて二人で歌おうと言ってくれた曲。

もう一度、一緒に歌いたいと、お互いが思っていた曲。

——そして、フレアの最も得意とする課題曲。

「……後悔するわよ」

「ううん、しない。私たちが勝つよ」

力強い笑顔で、レインは答えた。

機材が運び込まれ、三人が所定の位置に立つ。

位置関係的に中央《センター》に立つことになったハナが、左右の二人に微笑《ほほえ》みかけ。

観客の無い暗闇の彼方《かなた》、誰かに向かって大きく手を振る。

「少しバタバタしちゃってごめんなさい！　ライブ再開です！　……そして次が、最後の曲になります……！　わたしも、レインちゃんも、フレアさんも。みんなみんな、全力疾走でやり遂げるのでっ、どうか最後まで楽しんでくれたら嬉《うれ》しいですっ！」

きっと届いているはずのその言葉に。

手を振《ふ》り返《かえ》す誰かの光が、ハナの瞳には映っただろうか。

「ラスト、聴いてくださいっ！　『Twilight Flyer《トワイライト・フライヤー》』ぁぁぁぁぁっ!!」

鳴り響く爆音。

従来の機材より、ずっと大きな音。ずっと遠くまで届きそうな大音響。

思わず怯《ひる》むも、必死に食らいつく。

全身で踊ろう。全霊で歌おう。

この四分間を終えて、心の底から「楽しかった」って笑えるように。
この時のために何百何千何万回と磨き続けてきた全てを、今ここで出し切ろう。
再演なんかじゃなく、昨日までの全部を新しく塗り替えられるように。
ハナと歌う、ハナと踊る、ハナと重ねる——黄昏《たそがれ》を飛ぶ者の歌を。
機材も、歌割りも、振り付けも、立ち位置も、人数も。
あの時フレアと歌った『二十七番』と、全部違う。
先攻側を踊るフレアが、視界の端に何度も映り込む。
……フレア、やっぱり上手だな。
こんなに踊れてたなんて、ずっと知らなかった。
ハナの方を見ると、すぐに目が合う。
目が合って、頼もしく笑って。
揃《そろ》える、重ねる。手振り《スイング》を、足踏み《ステップ》を。
二人が手をかざせば、広がっていくイメージ。
雲を割って、雨より速く、虹をなぞり。
楽園を目指して黄昏を飛ぶ翼。
目の前に広がる闇も、やがて満天の星空へと移ろいゆく薄暮。
星を迎えるための黄昏。そう思えば暗闇も怖くはない。

心が、身体《からだ》が、『熱』に満ちている。
今ならどんなに遠くまでだって飛べそうな気がする。
(……届くかな)
いつか、画面の向こうで見てくれていたハナに届いたように。
どこか、遠くの誰かに。今も届けられているのだろうか。
(……届くといいな。私の、キラキラ)
舞台上には三人のアイドル。
最後まで誰も一人になんてならなかった四分間が終わる。
(……花の国は……白)
黄昏《たそがれ》の終わり、夜の帳《とばり》。
暗闇の中、三人を照らす星明かりの色は。
白か。
赤か。
「……聞いてくれて、ありがとうございました……っ。……みんな、大好き……」
誰かがそう、結んだ瞬間。
ステージを囲む星々《シンパシウム》が、一斉に輝き出す。
故障中のスピーカーは、判定を言い渡してはくれない。

「白、赤、白、赤、白、赤」

だから、ハナがひとつひとつ数え始める。

「白っ、赤っ、白……赤……白……赤……！」

レインが目を閉じて、その声だけを大事に受け取る。

先程までの轟音《ごうおん》が嘘《うそ》のような静寂の中。

眩《まばゆ》いばかりの光を数えるハナの呟《つぶや》きだけがこだました。

「…………………………赤」

それきり、ハナの声は聞こえない。

レインがそっと目を開けると、汗だくで茫然《ぼうぜん》とこちらを見つめるフレアと目が合った。

「……ライブ、楽しかったよ。フレア……おめでとう」

穏やかな笑顔でそう告げると、レインはハナの隣に立ち。

二人、手をつないで。無数の光に向けてお辞儀をした。

……遥《はる》か遠くの喝采が、二人に届くことはなかった。

エピローグ　花に降る雨

レインとハナ、二人が連れ立ってステージを降りる。薄暗がりの舞台袖には何人かのアイドルが立ち尽くしていたが、二人に声をかけようとする者は誰もいなかった。

プロデューサーが待つであろう楽屋へ向かって、誰もいない静かな通路を歩く。

手をつないだまま、顔を合わせずに隣を歩くハナに、レインが声をかけようとする。

「ハ……っ」

しかし、何を言えばいいのかわからずに、口ごもってしまう。

言いたいこと、伝えたいことは、山ほどあるはずなのに。

「……すっごく」

すると、今度はハナが口を開いて。

「すっっっっっ……ごく、楽しかったです」

ほんの少しだけ震えたような声で、初めて一緒に歌った日と同じ言葉をくれた。

「……うん。私も、すっごく楽しかった」

よかった。ハナと、同じ気持ちでいられて。

「でも、その……」

握る手に僅かに力がこもり、レインはハナに視線を向ける。

涙こそ浮かべていなかったが、彼女の表情はいつもの満開の笑顔とはいえなかった。

「……最後の光が、赤だった時。ああ、すっごく、くやしいなって……！」

「……うん」

悔しい。ハナが初めて口にした言葉。

「負けちゃったら、悔しい……んだよね」

それは、これまで一度も負けなかったレインにとっても初めての気持ちだった。

負けたら、悔しい。人間そんなことは当たり前で。

当たり前のことなのに、ずっと知らずに歌い続けてきた。

「私も悔しい。本当に悔しい。けど……悔しいって、思ってたより嫌な気分じゃない」

「っ……！　えへへっ……はいっ！」

二人でなら勝てると信じていた相手に負けた痛みも苦しみも想像以上だった。けれどこれは絶望や恐怖とは違う。きっと悔しいだけじゃ、星眩《ほしくら》みになったりはしない。

「ねえ、ハナ」

レインの言葉で、少しだけ元気になってくれたハナの笑顔を見つめて。

「ありがとう。……私と一緒にステージに立ってくれたのが、ハナで良かった」

一番伝えたかった言葉を、まっすぐに伝えた。

「こちらこそです、レインちゃんっ。一緒に歌えて、楽しかったっ」

見つめ返すハナの瞳は、七色に煌《きら》めいて、まるで虹のようで。

虹を見つめていたら、思い出すのはあの日のことで。

「……っ、ごめんハナ、二分だけ待って」

「えっ、は、はいっ」

「ごめんね……プロデューサーと早幸《さち》さんには、ちょっと見せたくないから」

「じゃあ、わたしが独り占めですねっ」

「……う、うん」

ちょっぴり恥ずかしい台詞《せりふ》を素直に受け取って、レインは二分だけ涙を流した。悔しいとか、嬉《うれ》しいとか、楽しいとか。ハナがくれた全部が、雨粒に変わったみたいな涙を。

それから控え室へ向かった二人を、ぼろぼろ泣いている早幸と、柔らかく微笑《ほほえ》むプロデューサーの二人が出迎えた。

「お疲れ様、レイン、ハナ。全部、見届けさせてもらったぞ」

大人の、大きな両腕が。二人をまとめて力強く抱き締める。

「ただただ、素晴らしいライブだった」

「ありがとう、お父さん。……ごめんね。負けちゃった」

「いや、惜しかったな。私も可能な限り数えてみたんだが……本当に、僅差だった。どちらが勝ってもおかしくなかった」

二人の頭にポンポンと手のひらを乗せてから、ハナの笑顔がいつもと違うことに気づく。

「……ハナ。負けたこと、悔しかったか？」

プロデューサーは洞察力鋭くそう告げた。

「悔しい時も、泣いていいんだぞ、アイドルは」

ハナはふるふると首を振り。

「この気持ちは、大事に持って帰って……次は負けない、ってギラギラに変えます！」

二人を圧倒したそのギラギラを、次は自分のものにすると笑ってみせた。

「…………次など、あるものか、馬鹿たれがッ……！」

プロデューサーの背後から、わなわなと震える男の声。

「……知事」

砂の国の、結構偉いらしい人だった。

「レイン。レイン……レェインッ!!　とんでもないことをしてくれたな!!　貴様、貴様のせいで！　これから砂のっ、ぐぇほっ、砂の国がどうなるかッ、げぇほげほッ！」

激しく咳《せ》き込《こ》みながら真っ赤な顔のおじさんが詰め寄ってくる恐怖に強張《こわば》っていると、プロデューサーが両手を広げて二人を……いや、早幸も含めた三人を庇《かば》った。

「残念ですが、もう貴方《あなた》には関係なくなったことです」

「……！　覚えておくことだな天地《あまどころ》、そしてレイン！　貴様らの事は、砂の国の全ての人間が許さない！　貴様らの帰る家は、今後一切、砂の国には存在させん……!!」

「……やってみろ」

プロデューサーの剣幕《けんまく》に怯《ひる》み、知事は散々罵倒の台詞《せりふ》を咳《せき》と一緒に吐き散らしながら、その場を去って行った。

知事の言葉は、ある程度事実ではあった。余計なプレッシャーをかけないようにとプロデューサーはライブ前には黙っていたが、『レイン』が負けて他国に奪われ今後敵対することになれば……そして今後砂の国の領土を守ることができなくなれば、その結果が「裏切り」に見える人も少なからずいるだろう。

「……気にするな、レイン、ハナ。お前たちの帰る場所は、いつだって用意しておく」

その言葉に、実感する。自分たちが、もう砂の国の住人じゃなくなったこと。

鉄の国のモノになったということ。

「大丈夫だよ、プロデューサー。私はハナといれば、どこでだってアイドルできる」

精一杯安心させてあげられる言葉を、レインは選んで口にした。

「……お前たちの『アイドル』は、お前たちが思うよりたくさんの人に届いている。だから安心しろ。お前たちを悪く言う奴《やつ》が現れても、届いた人はずっとお前たちの味方だ」

返ってきた同じだけの安心に、レインはまた微笑《ほほえ》んだ。

「うっ、う……う、うええええええっ。レイン、ぢゃんっ……！」

「……もう、早幸《さち》さん。いつまで泣いてるの」

いつまでも泣き止《や》まない早幸の涙を、アイドル衣装の袖で思いっきり拭う。

「うぐぅっ」

「ごめんね、早幸さん。一番鉱区がかかってたのに、負けちゃった」

「そ、そんなことはいいんですっ！　それより、レインぢゃんが……っ！」

「……ねえ、クローバー。私、本当はすごく怖かった」

微《かす》かに震える声での吐露に、早幸もプロデューサーも黙って聞き入る。

「ハナのカウントが赤で止まった時、私、そのまま絶望してしまいそうだった。ハナがいなかったら、きっとダメだった。……あの光が、本当に怖かった。……クローバーは、ずっと一人であんな恐怖と戦ってたんだね。……すごいアイドルだって思う」

「……レイン、ちゃ……」

「二度と忘れないように、何度だって言わせて。クローバーはすごいアイドル。私の友達は強いアイドル。どんなに怖くても負けなかった、クローバーはすごく強いアイドル」

クローバーの涙が違う理由で止まらなくなっても、レインはお構いなしに続けていた。

「クローバーとお父さんが、私の帰る家を守ってくれるなら。きっと私、何処《どこ》に行っても怖くないよ」

「……その言い方は、ずるいですよ……！」

ずるいなんて言われても構わず、レインはずっと二人のために笑った。

◇

ライブの翌日、すぐにレインとハナが正式に『鉄の国』に移送されることとなった。

寮を離れ、鉄の国へとレインを移送する心動車《エモーターカー》の車内。

何故《なぜ》かレインの隣に、仏頂面のフレアが座っていた。

「……ねえ」

「は、はい」

「……何よ。何でそんなビビッてんのよ……」

「そ、そんなことないと思う」

「…………………」

「…………………」

どうしよう。なんだかずっと怒ってる感じで、ちょっと怖い。

「……今、どこに向かってんの」

「ハナの家……花園」

「花園……？　こんな砂漠に？」

「うん。見たら驚くよ、フレアも」

「……驚かないわよ、別に」

「そっか……」

「……………………」

「……………………」

そう。肝心のハナは、鉄の国に向かう道中で花園を経由して合流する手はずだった。

つまり、それまではフレアと二人で何となく気まずい空間を共有することになる。

心動二輪《エモーターバイク》ほど速くはない車が、荒れた砂地をガタゴトと進んでいく……。

「……ああああもう！　何よこの空気！　私があんたに悪い事してるヤツみたいになってんじゃない！　あんたたちが負けたのが悪いんだから、大人しくついて来なさいよ！」

「え…………だ、だから大人しくついてってる……」

「……………そうね……！」

怖い。フレアってこんなに怖かったっけ。

「……そもそも私、まだあんたに勝ったなんて思ってないから」

窓の外、遠くの地平線を見つめるフレアは、どこか悔しそうで。

「あんなギリギリの差だし。機材トラブルもあったし。余計なおまけもついてたし」

その余計なおまけがいなかったら、多分、ステージにすら立ててない。

「だから、鉄の国に来たら……いずれサシで演《や》り合いなさいよ」

その言葉に、レインは笑って。

「やだ。ハナと一緒にリベンジする」

投げかけられたのとは、別の約束を返した。

「………っ、あんた、本当に変わったわね……前はもっと、冷たくて、無感情で、底知れないアイドルで……そんな柔らかい笑顔、絶対誰にも見せるわけなかった」

「……そんな風に思われてたんだ、私」

「お互い様でしょ」

「私が変わったなら、それは間違いなくハナと出会ったおかげだよ」

心も、笑顔も、キラキラも。全部全部、ハナがくれたものだ。

「……これからもそんなヘラヘラした調子でいるつもりなら、鉄《うち》のやり方はホントにキツいわよ。覚悟しておくことね」

目を合わせないまま脅すようなフレアの言葉に、レインの背筋が強張《こわば》る。

「う……っ、こ、怖い……けど、私はきっと、ハナと一緒なら何だって大丈夫」

「……そういうとこって言ってんのよ」

フレアが、いつまでも目を合わせようとしないのは。

レインの笑顔が、鉄の国の住民には眩《まぶ》し過ぎるからだった。

「……あれ？」

レインの視線が前方の景色へ移る。初めて訪れた時と同じように……花園へと向かう道の途中に、巨大な砂嵐が渦巻いていた。

「……しばらく待ってれば止《や》むと思うけど……」

「必要ないわ。『鉄の国』の技術力を甘く見ないで。このまま前進して」

フレアの言葉で強行する鋼鉄製の心動車《エモーターカー》。砂嵐に突入し暗くなった車内で、レインはほんの僅かな心のざわめきを感じていた。


「な……によ、これ……!?」

砂嵐を越え、一転、広がる花園。案の定驚いたフレアに、レインも内心嬉《うれ》しくなる。

「こっちだよ、フレア」

驚きを返せないフレアの手をレインが引いて歩く。ここを訪れるのは二度目のレインですらまだ慣れない色彩の雨。フレアの感じている衝撃は想像以上だろう。

庭園を通り、蔦《つた》のカーテンを抜け、ハナの待っているであろうステージへと向かう。

「着いた。お待たせ、ハナ」

「…………………………………………………………え？」

眼前に広がる光景が、レインにはただのひとつも理解できなかった。

「……随分、時間がかかかったな」

静かにそう告げた椿《つばき》の傍《そば》には、一花《いちか》と、ハナがいて。

二人とも、眠ったように動かなくて。

一花の頭からは、ぱっくりと切り開かれたハナの胸に繋《つな》がれていて、
管は、ぱっくりと切り開かれたハナの胸に繋がれていて、
ハナの胸の穴の中を、臓器の代わりに夥《おびただ》しい共心石結晶が埋め尽くしていた。

「…………っ、――――」

反射的にハナの名を呼ぼうとした喉が、砂のように渇いて呼吸を拒んだ。

「……本当に気づかなかったな、お前。一体今までコレの何処《どこ》を見てきたんだ？」

椿が『コレ』と呼んで指差す彼女は、まるで人形のように微動だにせずに。

「なあ、天地《あまどころ》、愛《あ》ぁ夢《め》」

ゆっくりと立ち上がり、ハナの……ハナにしか見えない穴の空いた人形の額をコンコンと叩《たた》いて、椿は今まで一度も見せたこともない愉《たの》しそうな表情を浮かべた。

「お前が初めてここに来た日。茶会だと言ってお前を誘ったはずのコレが、ほんの一口で

も茶を啜《すす》るのを見たか？」

　答えられない。

「コレの表面に触れて、人肌より温度が高いと感じたことは？　人間のように疲れる真似《まね》まではできても、汗や涙を一滴でも流しているのを見たか？　感情を全く表に出さなかったはずのお前が、不意に心を読まれたように感じたことはなかったか？」

　答えられない。

　椿の手がその瞼を無理矢理《むりやり》こじ開ければ、そこには円い共心石結晶。

「この瞳を覗《のぞ》き込《こ》むたび、違う色の輝きを浮かべていたのを……一度でも不思議に思ったことはなかったのか？」

　それを見てもレインは、何も、答えられなかった。

「……一体どれだけの感情《もの》を捨てて空っぽで生きていれば、そんなことにも気づけなくなるんだろうな……さて、そろそろ正解発表だ。教えてやるよ、愛夢ちゃん」

　レインの目の前まで歩いて、見開いた瞳を覗き込んだ後、椿は吐き捨てた。

「鈴木花子《すずきはなこ》は私の娘ではないし、見ての通り人間でもない。私がこの手で共心石から造り出したヒト型の……そうだな、心動《エモーター》アイドル、ってとこか」

風穴が空いたように空気が漏れ出るレインの喉から、ようやく掠《かす》れきった音が出た。

「どう、して、そんなこと……」

その言葉に、椿《つばき》は乾いた高笑いをしてから、短く一言答えた。

「一花《いちか》を治すために決まってるだろう」

そして、ハナの胸の穴から、赤黒く濁った結晶をパキリともぎ取り手に載せた。

「コレの中身は元々一花が持っていた感情さ。お前のクソ親父《おやじ》にブチ壊された一花の心にほんの僅かに残っていた感情……例えば『愛』、『希望』、『優しさ』、『笑顔』、『アイドルへの憧れ』。『楽しい』に、『嬉《うれ》しい』に……ああそうそう、『キラキラ』」

「…………っ」

「そういう正の感情だけを、共心石《シンパシウム》を利用して抽出し移植する。そうやって人の感情や記憶を共心石にコピーしてやると、さながら人工知能のように機能させることができる。自分で考え動き、歌って踊る石人形の出来上がりだ」

悪い夢でも、見ているのだろうか。

だって身体《からだ》が動かない。言葉も考えられない。全部石になったみたいに。

「正の感情、つまり前向きな感情ってのは、星眩《ほしくら》みに抗《あらが》う為《ため》のエネルギーだ。そいつをこの結晶群《メモリ》の中で大きく成長させてから一花に還元すれば、壊された精神を修復できる……それが、一花の星眩みを治せるたったひとつの方法。つまりコレは、言うなれば一花専用の星眩み特効薬ということだ」

　ちなみに、と補足しながら、椿は赤黒い結晶を眼前に掲げる。

「この濁ったのは『負けて悔しい』。正の感情の妨げになるだけの不要なノイズだ。こういうゴミが出たら逐一処理して、もう一度こうやって一花から感情をコピーし直さなきゃならないのが、少し面倒な所だ」

　そう言って、ノイズと呼んだ結晶を床に捨てて踏み割った。

「…………っ！」

　違う。ゴミなんかじゃない。それは、フレアとのライブの後で、確かにハナの中に生まれた「次は勝ちます」っていうギラギラだ。その、はずだったのに。

「……そんな技術持ってるって、あなた一体何者なの……？」

　何も言えなくなったレインの代わりに、フレアが怯《おび》えながら尋ねた。

「ん？　何だお前、お仲間のアイドルか？　……まあいい、私が何者かって？　別に何者でもないさ。愛する一人娘の病を治すためなら、どんな努力も研究も実験も苦にならないというだけの……どこにでもいる、ただの母親だ」

　一人娘。その言葉に。

　恐ろしいほど嗄《か》れた、自分のものではないような声がレインの喉を奔《はし》った。

「……っ、何でッ！　母親なのに、ハナのことそんな風に利用できるの……！」

「人の話聞いてなかったのか。娘じゃないっつってんだろ」

「違う……！　ハナは、あなたのこと『お母さん』って……!!」

沸々と滾《たぎ》るこの黒い気持ちは、一体どっち？

ハナのことを、都合の良い操り人形みたいに利用する椿《つばき》に対しての怒り？

それとも、誰よりも感情豊かな人間だと信じてたハナが、本当は違ったという嘆き？

「……実に感情豊かになったもんだな、天地愛夢《あまどころあめ》。よく効いていて何よりだ」

「っ、どういうこと……!?」

「言っただろ、コレは星眩《ほしくら》みの特効薬だって。一花《いちか》を治すために造ったとは言ったが、それしかできないわけじゃない。初期症状程度ならしばらく近くに置いときゃ治せる。お前の星眩みが回復して感情豊かになれたのは、単なる薬効作用に過ぎない」

「……っ、嘘《うそ》、そんなの……」

だって私は、ハナのおかげで。ハナと出会ったおかげで変われたと思ってたのに。

それが、全部……「薬効作用」？

「お前が薬効を検証してくれて有難かったぞ。『憧れのアイドル』であるお前と一緒にいただけでコレの感情は爆発的に成長したし、それだけ薬の完成に近づいた」

上機嫌な椿の言葉に、レインはハッと気づく。

「……薬、って……使ったら、どうなるの」

「何？」

「ハナが薬なら、一花さんを治した後はどうなるの⁉」

レインの悲痛な咆哮《ほうこう》に、椿は昨日の天気でも吐き捨てるように興味無げに答えた。

「どうもこうもない。育ちきった心を一花に戻したら、コレは単なる石に戻るだけだ」

「…………〜〜〜ッッ‼」

とことんまで「一花の妹」のハナを道具扱いする椿に、レインは激昂《げきこう》し掴《つか》みかかった。

「……怒り方が親子でそっくりだな。放せ、襟が伸びる」

「ハナは……みんなに愛されるアイドルになるんだって、そう言ってたの……‼」

それはもしかしたら、この人に愛してもらえなかったからなんじゃないのか。

「ハナを、薬になんてさせない……！　あなたなんかに、私の世界で一番大切な相棒《パートナー》は渡さない！　ハナはあなたの道具じゃない、アイドルなの‼」

そうだ。ハナはアイドルだ。私の隣で歌ってくれたアイドルだ。

私と一緒に、世界を壊すと約束してくれたアイドルだ。

人間かそうじゃないかなんて、関係ない。

ハナが私にくれた言葉は、心は、笑顔は、キラキラは。全部全部、本物だ。

「道具だ。私が私の目的のためだけに造った、ただの道具だ」

「違う。ハナはアイドルなの。私と一緒に世界を壊すって約束してくれた、世界でたった一人の、世界中のみんなに愛される最高の……ううん、最愛のアイドルなの……！」

ハナも、レインも。アイドルは、道具として利用されるためにいるんじゃない。

砂漠に芽吹いて、懸命に育って、いずれ摘み取られるためだけに咲く花？

そんな運命、認めない。

道行く誰かが、世界中の誰もが、その小さな花を愛してくれれば。

枯れないように、散らないように、摘み取られないように、誰かが守ってくれれば。

……ううん、誰かが、じゃなくて。

ハナを薬としてじゃなく、最高のアイドルとして育てていくのは。


――レインちゃんの歌は、こんなにも優しい雨。きっとお花も喜びます。

花に降る雨みたいに、私にしかできないことのはずだ。

「ハナは私が助ける。そして一花《いちか》さんは、私とハナの二人が、あなたとは別の方法で治してみせる。……最高のライブで、目覚めさせてみせる」

レインの手を振りほどき、椿《つばき》は冷たく吐き捨てる。

「そうか、せいぜい頑張れ天地愛夢《あまどころあめ》。お前がコレの傍《そば》で歌えば、コレと心を重ねて歌えば。生まれる莫大《ばくだい》なエネルギーが、お前への憧れや愛情……正の感情を大きく成長させる」

「……っ、それって……!?」

「お前たちがアイドルごっこを頑張れば頑張るほど、薬も完成に近づいていくってことだ」

最悪のシステム。

ハナの正体をレインに明かすことになっても、椿には何の不利益も無かった。

真実を知ろうと知るまいと、レインにできるのはハナと一緒に歌うことだけだから。

「これからも二人で仲良く歌うといい。その分コレは良薬に育つ」

「……っだから、そうはさせない……!」

そんなレインの根拠のない意地を鼻で笑ってみせてから、椿は一花とハナと繋《つな》ぐ管を抜き取り、二人と設備を手際よく元に戻していく。

「……ん…………っ」

やがて胸の穴をすっかり塞がれたハナが、何事もなかったかのように目を覚ました。

「あ、レインちゃん！　フレアさんまで！」

先程まで共心石《シンパシウム》の詰め込まれたただの入れ物だった少女が、目を開けて起き上がり人間のようにニコニコと話しかけてきたのを見て、フレアは思わずたじろいだが、レインは何でもなかったかのようにハナに笑いかけて挨拶を返した。

「……おはよう、ハナ」

「えへへ、花園でお話するのは久しぶりですね……って、今日！　そうでした、鉄の国へお引越しする日でしたよね!?　わーん、寝坊しちゃったー!?」

「大丈夫だよ、私たちも今来たところだから。ね、フレア」

突然バタバタと慌てだしたハナに、レインが穏やかに微笑《ほほえ》みかける。

「……ね、ねえ。私、このままあんたたちを鉄の国に連れてっていいわけ……？」

星眩《ほしくら》みの薬だとか、人造アイドルだとか。とても処理しきれない情報の連続で、手に負えるものかフレアは判断に迷う。

しかしレインは力強く告げた。

「……大丈夫。どこでだってアイドルはできる。……鉄の国のルールにも従うよ」

「……っ、そんな簡単に……！　知らないわよ……!?」

二人のやり取りを見て、こてんっと首を傾《かし》げるハナ。

「よくわかりませんけど、レインちゃんとフレアさんが仲良しで嬉《うれ》しいです！」

「……そっか」

フレアに対して生まれた、悔しい、次は負けないって感情は……さっき踏み潰されて、もう残っていないんだ。

雨雲に捨てて見えなくなるのとは違う。

あんなにも簡単に、大切な感情が砕けて消えてしまう。

それほどまでに、弱くて儚《はかな》い花。

「……ねえ、ハナ」

「はい？　何で……」

「…………っ」

答えかけたハナの瞳がこちらを向く前に、レインはハナの身体《からだ》を力強く抱き締めた。

「レ、レインちゃん……？」

あんなに綺麗《きれい》だって思ってたはずのハナの瞳が、今どんな色をしてるのか確かめたくなくて。ちゃんと笑えてるかどうかなんてわからないこの顔が、ハナの瞳に映るのを見たくなくて。目を閉じてるのと同じくらい、暗くて……怖くて。

それでも、踏み出すんだ。私が。

「……みんなに愛される、最高のアイドルになろうね、ハナ」

——彼女を救うための物語《ステップ》を。

あとがき

この度は本作「ステラ・ステップ」を手に取っていただきありがとうございます。林《はやし》星悟《しょうご》です。約二年半ぶりとご無沙汰してしまいましたが、沢山の方々の応援やお力添えにより無事新作を刊行させていただくことができました。大いに感謝です……！

ほのぼのした前作「白ヒナ」とは打って変わってハードな世界観の本作「ステステ」ですが、お楽しみいただけましたでしょうか？　あらすじを読んでくださった方も、ラストページまで読んでくださった方も、結局この作品は一体どういうジャンルなのかという疑問をお持ちになったかもしれません。アイドル？　バトル？　ファンタジー？　百合《ゆり》？

結論から言うと、作者の私がこのジャンルだと断言することはないです！

少女たちが夢に向かってひたむきに頑張る姿が輝いて見えたならアイドルものでいい。少女たちが全身全霊で戦う姿をアツいと感じたならバトルものでいい。少女たちの関係が特別なものに思えたなら、そこに咲いた花を大切にしてくださっていいんです。

「誰か」でも「みんな」でもない、「あなた」のための物語です。あなたなりの楽しみ方でいい。作品の魅力がひとつでもあなたに届いたなら嬉しいし、これから先も彼女たちの物語を応援してくれるともっと嬉《うれ》しいし、あわよくば「このジャンルはなぁ～」と敬遠しちゃうあなたのお友達にもオススメしてくれるともっと嬉しい（そろそろ私欲）。

ただひとつだけ、本作の構想は某アイドルコンテンツの無観客ライブイベントを目にした衝撃から生まれた事だけはお伝えしておきたい……。拍手も喝采も無く、ただ光だけが舞台を照らす世界にも、アイドルは「いる」のです。

ここからは謝辞を。

前作の方から変わって、本作をほぼゼロから共に築き上げてくださった担当編集S様、ならびにMF文庫J編集部の皆様。今回も大っ変にお世話になりました！　初期のふわっとした企画案から紆余曲折、こうして無事世に出させて頂けたのは皆様のお力添えのお陰です。これからもご指導ご鞭撻《べんたつ》のほどよろしくお願い致します！

イラストレーターの餡《あん》こたく様。繊細で優しく素敵なイラストをひとつ拝見する度、画面の前で小躍りしておりました。砂色の世界に彩りを与え、レインたちに魂を吹き込んでいただいたこと、誠にありがとうございます！

超絶素敵な応援コメントをお寄せくださった入間人間《いるまひとま》先生。カバーデザインなどを手掛けていただいたデザイナー様や、出版、流通にご協力いただいた皆様。このスペースだけでは伝えきれないほど沢山の方々に支えられ、応援してもらえて本作は完成しました。

そして何より、そうしてできたこの本を手に取ってくださった「あなた」へ、最大限の感謝を捧《ささ》げます。あなたの中に本作の物語が残ることを、心から祈っています。

この先の物語も皆様と共に作り上げていくため、今後とも応援よろしくお願いします！

林　星悟

『鉄』の牢獄――

沈まぬ紅蓮の太陽が、雨を拒み、花を灼き、ふたりを別つ

戦火は無く、血も流れず、されど大地はどこまでも赤く

名も無き少女たちの願いは、次々焦げて崩れゆき

企画進行中――

次なる戦舞台《ぶたい》は、

飛べなかった蝶の黒い翅が幾重にも降り積もる
恐怖と絶望が支配する、赫灼に眩む鋼鉄の不夜城に

雨は降るのか。
花は咲くのか。

『ステラ・ステップ2』

MF文庫J

ステラ・ステップ

2023年 1月25日　初版発行

著者　林星悟

発行者　山下直久

発行　株式会社 KADOKAWA
〒102-8177 東京都千代田区富士見2-13-3
0570-002-301（ナビダイヤル）

印刷　株式会社広済堂ネクスト

製本　株式会社広済堂ネクスト

Printed in Japan　ISBN 978-4-04-682110-2 C0193

●お問い合わせ
https://www.kadokawa.co.jp/（「お問い合わせ」へお進みください）
※内容によっては、お答えできない場合があります。
※サポートは日本国内のみとさせていただきます。
※Japanese text only

◇◇◇

【ファンレター、作品のご感想をお待ちしています】
〒102-0071 東京都千代田区富士見2-13-12
株式会社KADOKAWA　MF文庫J編集部気付「林星悟先生」係　「餡こたく先生」係